ushi & Shinobu
「他人じゃないけれど」

忍の指が、そっと篤史の耳たぶを触った。篤史の胸が、ドキリと波打つ。頬が火照り、これ以上忍の顔を見ていられなくて、うつむく。

「……忍ってさあ、こうやって女の子口説いてるんだな」

「ええ？　なんだ、今俺、かっこよかったか?」

（本文P.174より）

Chara

他人じゃないけれど

樋口美沙緒

キャラ文庫

この作品はフィクションです。
実在の人物・団体・事件などにはいっさい関係ありません。

目次

口絵・本文イラスト／穂波ゆきね

十一年前の夏、篤史《あつし》は七歳の子どもだった。

長い長い坂の上にある小さなアパートで、父親と二人で暮らしていた時のことを、篤史はもうあまり覚えていない。

それでも思い出すのは、青く晴れ渡った九月上旬の空。坂の上には、大きな入道雲が見えた。その日学校で防災訓練があって、低学年の生徒たちはみんな、親が迎えに来ることになっていた。篤史は、きっとお父さんは来られないだろうと思っていたけれど、父は訓練が終わる間際に、汗だくになって小学校の運動場へ飛び込んできてくれた。

防災訓練の後、七歳の篤史は父と手をつないで、ゆらゆらと揺れる陽炎《かげろう》の中、家へと続く坂の道を登っていた。

途中大家さんの家に寄り、家賃を支払ったのを覚えている。玄関先に出てきた大家さんへ、父は「遅れてしまって」と、何度も頭を下げていた。

「いいのよ。それより一ノ瀬《いちのせ》さん、顔色悪いけどちゃんと寝てるの？」

大家さんは、後ろでおとなしく待っていた篤史の頭を撫《な》でてくれた。

「篤史ちゃん、早く大きくなって、お父さんを助けてあげなきゃね」

篤史にはその大家さんの手が、どうしてかとても重たく感じられていた。

坂の道に戻ると、篤史はもう一度、父と手をつないだ。

大きな父の手は今日も乾いていて、くたびれた長袖《ながそで》シャツの袖口に油絵の具が点々としみ、うっすらと油の匂《にお》いがした。

「お父さん、今日のひなんくんれんでね、僕、一番前で歩く役したの」

篤史はそう言って顔を上げた。けれど前髪の下、父の瞳はどこか虚《うつ》ろで疲れて見え、顔もあんまり青白いので、篤史はふと怖くなった。

（お父さん、つかれてるの？）

篤史は胸の内で、そっと父に話しかけてみた。

（お父さん、つらい……？）

けれどそれは、どうしてか言葉にならない。父が辛いのは、自分がいるからだろうか。篤史は心のどこかでいつも、そう感じていた。

「お父さん」

もう一度呼んで手を握りしめたら、父は思い出したように篤史を振り向いた。

「ああ、ごめんね。今日の訓練、篤史は先生に褒《ほ》められてたね。えらかったね」

微笑《ほほえ》む父の顔はいつもと変わらず優しくて、篤史は少し安心した。ふと見ると、坂の上に立ち上がる入道雲の間を飛行機が飛んでいき、その後ろから、ひこうき雲がぐんぐんと伸びている。篤史は「あっ」と声をあげて父の手を放した。

「お父さん見て、見て。見て、ひこうき雲だよ。どんどん伸びるよ」

つい興奮して、篤史はなだらかな坂を駆け上っていた。けれどその時、飛行機の飛んでいく音に混ざって、ドサリと物の倒れるような音が聞こえた。振り向くと、道の真ん中に父が倒れていた——。その時のことを、篤史は今でも時々思い出す。

道路に投げ出された父の、油絵の具で汚れた袖が夏の微風に揺れてはためき、飛行機のジェット音が遠ざかるのと同時に、旺盛《おうせい》な蟬《せみ》の声が聞こえてきたこと。父の黒い髪が、砂埃《すなぼこり》と一緒に風に舞っていたこと……。

篤史の父は、そのまま死んでしまった。脳出血だった。

それから後はなにもかもがあまりに早くて、嵐《あらし》のようだった。

近所の人の手であちこちに連絡がとられ、気がついたら篤史が父と暮らしていた小さなアパートに白と黒の幕が張られて、花が飾られ、見知らぬ大人がたくさんやって来て、父は大きな木の箱の中で眠るように横たわっていた。

——お父さんは、死んじゃったの？

誰にそれを訊《き》けばよかったのだろう？

七歳の篤史の周りで、大人たちはくるくると忙しそうに動き回り、嘆き悲しみ、それがなんだかすべて夢の中のことのようで、篤史は泣くこともできずに葬式の進む部屋の中で一人ぼうっと座っていた。

やがて弔問客が帰り、父の身体は焼かれて小さな木箱になった。二間しかないアパートで、遠縁の親戚《しんせき》だという人々が頭を突きあわせて篤史のことを相談しているのだって、まるで夢の中のことのようだった。

「預かるといっても、うちは一ノ瀬さんとは遠い縁ですし、子どももまだ小さいでしょ」

親戚の人たちに、篤史はそれまで一度も会ったことがなかった。彼らはみんな、東京《とうきょう》から海を隔てた向こうの北海道《ほっかいどう》に住んでいるのだと言う。篤史には母親も亡かったし、両親の親もとっくの昔に亡くなっていた。近縁の人は誰もおらず、だから、親戚の人たちもみんな初めて会う篤史に戸惑っているように見えた。

「一ノ瀬さんが東京に行かれてからは、電話一つしたこともなかったし」

「この子も、住み慣れた都会から離すのはかわいそうだわ」

篤史は子どもなりに、この人たちは一人残された篤史をどうすればいいか分からなくて困っているらしい、と察していた。自分に訊いてくれたらいいのになあ、と篤史は思った。

(僕、シセツってところに、行ってもいいよって言うのにな……)

彼らが時折遠慮がちに口にする『施設』という言葉。本当はそこに行ってほしいと思われている。けれど誰一人、小さな篤史にどうしたいのかと訊いてくれはしない。

彼らは時折「一ノ瀬さんも北海道に帰ってきたらよかったのに」と嘆いた。

「こんなに早くに逝《い》くなんて。一人でお子さんを育てて、苦労されてたからよ……」

部屋の中にため息が満ち、そのせいなのか、篤史はなんだか息苦しかった。自分だけ、知らない世界にひょいと紛れ込んでしまったような違和感があって、父が本当に死んでしまったのかさえ、よく分からなかった。

「おい、お前いいのかよ。なにも言わなくて。勝手に決められちゃうぞ」

その時、すぐ隣から耳打ちされ、篤史は驚いて顔を上げた。

見ると、いつの間にやら部屋の壁際でじっと座っていた篤史の隣に学生服の男の子がいて、篤史を見下ろしていた。誰だろう。歳《とし》は中学生くらいだろうか。その眼差しは父親を亡くしたばかりの篤史を哀れんではいるけれど、それ以上になにも言えない篤史に焦《じ》れているようだった。

「あの、お話し中失礼します」

と、男の子のすぐ横に座っていた男性が、身を乗り出すようにして、篤史の親戚たちに声をかけた。話がぴたりとやみ、みんなが、一斉にその男のほうを見た。

「すみません、もしよかったら、篤史くんを僕に預からせてくださいませんか」

男はおずおずといった様子で、そう言った。とたん親戚たちが顔を見合わせる。

「あなたは、渡会《わたらい》さん。たしか、一ノ瀬と一緒に展覧会を開かれていた方ですね」

誰かの言葉にその男が頷《うなず》いて、「一ノ瀬さんは、大学の先輩でした」と続けた。

篤史はじっと、男を見つめた。歳は父と、たぶんほとんど変わらない。優しげな顔立ちに、垂れ下がった眼許《めもと》。背は高く黒い喪服にちゃんと身を包んではいるけれど、髪の毛はあちこち寝癖ではねて、そして——礼服の袖口から覗《のぞ》く白い長袖のシャツに、小さく、油絵の具がこびりついていた。父とまったく同じように……。

「篤史くん」

男が、不意に緊張したような声を出した。親戚たちに言う時よりずっと慎重に、ずっとゆっくりと。

「……僕は、渡会久代《ひさよ》といいます。こっちはね、息子の忍《しのぶ》です」

男がついさっき、篤史に耳打ちしてきた男の子を振り向く。篤史が見ると、男の子はひょい、と軽い調子で肩を竦《すく》めている。

「おじさんと一緒に、暮らしてくれないかな?」

男は初めて、篤史に、そう訊いてくれた。誰も訊いてくれなかったことを、篤史がどうしたいのかを、初めて訊いてくれた。

篤史はこの時突然、長い長い夢から引き戻された気がした。

ついさっきまで現実は、スクリーンに映し出されている映画のように遠く、篤史とはつながっていなかった。けれどこの人が訊いてくれたから、篤史の言葉が、篤史の気持ちが、意味を持った。未来の選択が篤史の手の中に、戻ってきた——。そして不意に、篤史は気がついた。

——お父さんは、死んじゃったんだ。

一緒に坂を登っていた。手を握り、いつものように話をした。えらかったねと褒めてくれた。あの時父は笑っていたはずなのに、とても呆気《あっけ》なく死んでしまった。最期に、父はひこうき雲を見ただろうか？　もう、それを訊くこともできないし、知ることもできない。一生。

この人と住んでもいいのだろうかと、篤史はちょっとだけ思った。隣からじっと篤史を見つめてくる、忍という男の子は、篤史と暮らすのを嫌がらないのだろうか？　ふと見ると、彼はどこか不満そうに顔をしかめていた。

けれどその瞬間、久代の体から懐かしい匂いが漂ってきた。それは油絵に使う絵の具とテレビン油の香り。死ぬ間際まで、父の体から香っていた、懐かしい匂いだった。

「僕、おじさんと住む」

ほとんど反射的に、篤史はそう言っていた。

ホッとしたように久代が微笑むのが見えたとたん、篤史の大きな眼からは、涙が溢《あふ》れ出た。熱い塊が喉《のど》の奥で痛み、胸が張り裂けそうに悲しい。気がつくと、篤史は久代の腕の中へ飛び込み、父が亡くなってから初めて、声をあげて泣いていた。

久代は篤史の小さな体を、そっと抱きしめてくれた。よく知った匂い、父と同じ匂いのする久代の胸に顔を埋め、七歳の篤史は、気が済むまで泣きじゃくっていた。

一

「渡会《わたらい》さーん、お届け物です。代金引換で五万二千五百二十五円になりまーす」

玄関先で宅配便のお兄ちゃんに元気よく言われ、篤史《あつし》は一瞬頭の中がまっ白になった。築四十年を超える木造一戸建ての渡会家は、隙間《すきま》風のひどい古い家だが、昔の造りなので玄関ポーチだけはやたらと広い。そのポーチに巨大な包みが三つも置かれ、篤史は今月の家計費を入れたがま口財布から、泣く泣く代金を支払ったところだった。

「ど、どういうこと……!?」

宅配便業者を引きつった笑顔で見送った直後、篤史の口からは自然とその一言が飛び出していた——。一ヶ月の食費、雑費どころか、光熱費まで圧迫する金額。それをいきなり支払ったせいで、財布の中はもはや空っぽに近く、篤史は呆然《ぼうぜん》となっていた。

一ノ瀬《いちのせ》篤史は、四月生まれの十八歳。高校三年生になったばかりだ。背は百七十を少し出たくらいで、細身。染めてもいない髪はさらさらと癖がなく、顔の造りにも特に癖がない。どちらかというと柔らかな面立ちに、シャツの袖から伸びた腕がすんなりと細く、色あせるほどに着込んだピンクのエプロンが、薄い肩からずるり、と落ちる。

（よ、よく見たら、これ全部、画材屋さんの包み……）

大きさから言って、張りキャンバスに違いない、と篤史は察した。油絵用のキャンバスは、安くても数万円するのが普通だ。それが数点あるようだから、あの金額もうなずける。分かったとたん、篤史は靴箱の上にへなへなと倒れ込んだ。

「ひ、久代《ひさよ》さん……」

思わず震える声で名前を呼んだ時、「あっくん、ただいまあ」と、脳天気な声がした。

慌てて顔を上げると、玄関の引き戸を開けて、ひょろりと背の高い中年男性が一人、帰ってきたところだった。四十後半とは思えないほど皺《しわ》の少ない、穏やかな優しい顔。ぼさぼさの髪の毛に、着崩れた服。この家の主、渡会久代は玄関先の篤史を見るとふんわりと微笑んできた。

「お出迎えしてくれたの？　嬉《うれ》しいなあ」

「お、お帰りなさい、久代さん。学校の授業どうだった？」

篤史は慌てて靴箱から身を起こし、無理矢理笑顔を浮かべた。一方、篤史から包みの山へ視線を移した久代は、子どものように眼を輝かせている。

「これ、届いたんだぁ。よかった、もうキャンバス使いつぶしかけてたから」

「……あ、それ、や、やっぱりキャンバスなんだ。た、たくさん買ったんだね？」

「うん。二点以上まとめ買いで割引だったんだよ」

篤史が笑顔を強《こわ》ばらせるのもかまわず、久代は子どものように無邪気に、自慢げに話してくる。けれど靴を脱いであがりかまちにあがってから、ハッとしたようにズボンのポケットを探った。

「そういえば代金、立て替えてくれたの？　僕、払うよ」

久代にそう言われても、篤史は安心できなかった。ぼろぼろの革財布を広げている久代の手元を見ると、その札入れにはどう見ても、千円札が三枚しかない。千円札三枚だ――。四十後半の男の財布に、三千円しか入っていないのだ。

(な、情けなさすぎる……っ)

その三千円だって喉から手が出るほど欲しいには違いないけれど、毎日ジュース一本買っても一ヶ月ともたない額だと思うと、仕事帰りで疲れているだろう久代には、とてもじゃないが「くれ」と言えなかった。

「平気平気。今月余裕あるから。そんなに高くなかったよ」

金銭感覚の鈍い久代は、多分、キャンバスの正確な金額も毎月の食費の額さえも覚えていないのだろう。篤史のごまかしに、そう？　と嬉しそうな顔になった。

「後で運ぶから置いておいてね。新しいの使うの楽しみだなあ」

それにうきうきした声で言う久代の笑顔を見ていたら、篤史の中にあった落胆は和らいでいった。まあいいか、という気持ちになる。仕上げたい絵があるからとアトリエに向かう久代へ、篤史は、「ご飯ができたら呼ぶね」と、声をかけて見送った。

台所へ戻ると鍋《なべ》がふきこぼれる直前で、篤史は急いでガスの火を止める。鍋の蓋《ふた》を取ると、甘辛い醤油《しょうゆ》とみりんの匂いがふうわりと立ち上ってくる。中のつゆを一口味見して、筍《たけのこ》をたっぷりと煮含めた筑前煮《ちくぜんに》に、つい頬《ほお》が緩んだ。我ながら上出来の味だ。

(それにしても……いきなり五万円か。仕方ないなあ、へそくりを崩そう)

鍋の中身をかき混ぜながら、篤史は深々とため息をついた。

へそくりといっても毎月こつこつ節約して余った家計費を貯めているだけのもので、もちろん篤史は自分のために使っているわけではなく、急な出費をそこからまかなっている。

――絵を描いていくのには、お金がかかる。篤史はそれを、よくよく知っている。

折しも、西向きの台所の窓からは、四月の夕焼けが射しこんでいた。

もうすぐ陽は完全に落ちて、すると建て付けの悪いこの家の中は一気に冷えるだろう。屋根の向こうではカラスの声がのんびりと聞こえ、部屋の中は煮物の甘辛い匂いでいっぱいだった。ごく普通の、篤史の一日が、今日も暮れていこうとしていた。

夜七時頃、篤史は久代を夕飯に呼びに行った。

渡会家の家は古くてボロいが、広さだけはそれなりで庭もある。現在、もとは広い和室だった一階の奥は板の間に改造されて、久代のアトリエになっている。

「久代さーん、ご飯、できたよ」

篤史がそのアトリエへひょいと顔を覗かせると、油の濃い匂いが鼻先につんと香ってきた。アトリエは物で溢れ、実際よりずっと狭く見える。ごちゃごちゃした室内は電気代を食う明るいレフ電球に照らし出され、大きな手作りの棚には画材道具が無秩序に並び、壁には乱雑にキャンバスがたてかけられ、部屋の中央に大小のイーゼルが三つほど並んでいる。久代はそのうちの一つにかかった大きなキャンバスの前で、じっと背を丸めて座っていた。篤史の呼び声にも、まるで振り向く気配がない。

(久代さん、また俺の声聞こえなくなってるみたい)

そのことが、ほんの少し淋《さび》しい。

窺《うかが》い見ると、久代が描いているのはこのごちゃごちゃしたアトリエの様子だった。ところどころ、実際には存在しない柱や時計などが出てきたりするなんだか幻想的な絵だ。写実的と言うよりは印象派的で、窓から射しこむ陽射《ひざ》しを細かく描写してある。静物の輪郭がぼんやりと飛んで淡く優しく、篤史にはこの絵の善し悪しは分からないが、

(久代さんの描く絵は、やっぱり優しい……)

と、思う。そんな絵の優しさが、篤史には久代そのもののように思えて、好きだった。

けれどなにが気に入らないのか、久代はそのキャンバスを食い入るような眼でじいっと見つめたまま動かない。よく見ると着替えもしておらず、白いシャツにはあちこち油絵の具が飛んでいた。どうやら、エプロンをするのも忘れたらしい。

（あーあ、また、シャツダメになっちゃったな……）

それでも篤史は今すぐ脱いでとも、エプロンをかけて、とも言えないのだ。

久代は週三日、美術の専門学校で講師をしている。けれどそれは生活のためであって、本当は一日中でもこのアトリエにこもっていたいのだろうし、エプロンをかけたりシャツを脱ぐ一分一秒さえ待てないほど、絵を描くことを愛している。こうして「ご飯ができたよ」と呼びに来た篤史に気づかないのも、日常茶飯事のことだった。そして、普段優しい顔をしている久代が、こうして絵に集中している時だけ、真剣な顔になる。

夜になって部屋の中は急速に冷え始めているのに、久代は暖房もつけていない。篤史は久代の膝《ひざ》に毛糸の膝掛けをかけてやると、忍び足で部屋を出た。出る間際に振り向いても、久代は身じろぎ一つせず、キャンバスの一点を見つめていた。その顔にはうっすら、疲れがにじんでいるように見える。

こんな時いつも、篤史の脳裏には死んだ父の横顔が、一瞬だけ浮かんでくる。

「久代さん。また後で、呼びに来るね」

結局食事をとるように強く誘えず、篤史は廊下に出た。

「なにかできたらいいのになあ……」

シンと静まりかえった廊下に出ると、篤史は思わず、ぽっつりと呟《つぶや》いていた。

なにかできたらいい。大好きな絵を描いている、大好きな久代のために。

（俺も、役に立ちたいな……）

そう考えるのは、この渡会家に引き取られてきてからの、篤史の癖になってしまった。

その時ふと台所から物音がし、戻った篤史は眼を丸めた。

「忍《しのぶ》？　帰ってたの？」

いつの間にか、久代の一人息子で篤史にとっては一応義兄にあたる渡会忍が、台所で水を飲んでいた。

「おー。ただいま。いないから買い物かと思った」

篤史を振り返ると、忍は整った甘めの顔をくしゃりと微笑ませた。社会人二年目、二十三歳の忍は長身で、肩幅が広く身幅も厚く、垂れがちの眼に鼻筋の通った顔は華やかで人好きがし、狭くてボロい台所がひどく不似合いに見える。久代とは正反対で身だしなみにも気を遣っており、今日もぱりっとしたスーツを品よく着こなしている。

「久代さんとこ行ってただけ。ご飯できてるよ、食べるでしょ？」

けれどそう言った篤史に、忍は「いや、もう出るから」と答えた。

「忘れ物したから、取引先行った帰りに寄っただけ。今夜は外ですましてくるよ」

さらりと言われて、篤史は一気にテンションが下がるのを感じた。

「だってもう、忍の分作っちゃったよ。そういう時はいつも、分かった時点でメールしてって言ってるだろ！」

思わず怒鳴ると、忍が「おー、怖」と声をあげた。けれど怖がっている様子はなく、怒っている篤史を見て苦笑しているだけだ。

「ごめん、ごめん。次から気をつけるから。今日はデートなんだよ。デート」

「また？　今週三回目じゃん。そんなにしょっちゅう会わないといけないもんなのかよ」

篤史はついつい不愉快になった。忍がデートを理由に家で食事をしないことは、珍しいことではないけれど、それでも憎まれ口を叩《たた》いてしまう。すると、忍はニヤニヤとした顔で、篤史の機嫌をとるように肩を抱いてきた。薄い篤史の肩に忍の厚い胸がぴたりと寄り添ってくる。

「篤史は俺がデート行くの、気に入らないの？」

「はあ？　食事要らないってメールしてこなかったのが気に入らないの」

「仕方ないんだよ、今の彼女淋しがりだから。やっと三ヶ月続いた子だろ？」

「忍と彼女のことなんか、聞いてないし。興味もないし！」

篤史は反射的に怒鳴っていた。恋人なんて一度もできたことのない篤史からしたら、忍のそんな話は生々しすぎて嫌悪さえ湧《わ》いてくる。

「それに続いたってどうせ、別れるくせに」

「あれ、別れてほしいの？　そんなに淋しい？」

（だから、メールしてこなかったことを怒ってるって言ってんの！）

「俺は、彼女と会ってる時でも篤史のご飯のことは忘れてないよ」

「嘘つけよ。バカ」

篤史は本気でむかつき、忍の厚い胸を押しのけた。

（忍ってなんでこう、軽いんだろう）

久代とまったく違う——と、思う。

見てくれだけは抜群にいい忍は、昔からものすごくモテる男だった。篤史が知る限り、高校時代から彼女を切らせたことがない。かといって長続きするかというとせず、忍はどんな彼女とも二、三ヶ月もてば長いほうだ。けれどモテるから、すぐにまた別の彼女ができる。彼女ができると外食が増えるので、篤史はここしばらく忍とまともに食事をしていない。それでも、今日は帰ってくるかもと思うから、つい毎日忍の分まで夕飯を用意してしまう。篤史が腹立たしいのはメールをしてこない忍にもだけれど、そんなふうに期待して、準備してしまう自分にもだった。

「今度はいつ、うちでご飯食べるんだよ」

無意識に言うと、頭をくしゃくしゃと撫でられた。膝を折った忍に、今度はからかうわけじゃなく、やたらとまっすぐ、眼を覗き込まれる。

「ごめんな。明日は絶対ちゃんと帰ってきて、一緒に食うから」

静かな、優しい声で謝られて、篤史はもう怒れなくなった。頭を撫でる忍の手が優しいから、結局いつもこうされて、篤史は忍を怒れなくなる。ため息をつき、話題を変えるために「もういいよ」と篤史は言った。

「……それより、出る前に久代さんに声かけてくれない？」

かわりにそう頼むと、忍は訝《いぶか》しげな顔になった。

「久代さん、声かけても気づかないの。一緒に食べたいから、忍から言ってみてよ」

「いつものことだろ。ほっとけよ」

不意に突き放すような声色に変わった忍に、篤史は一瞬怯《ひる》みながらも食い下がった。

「でも、もう三日もきちんとご飯食べてないんだよ。なにかあって倒れたりしたら……」

「じゃあ肩引っ摑《つか》んで、無理矢理引っ張ってきたらいいだろ」

「そんなことできるわけないだろ？」

「俺には」、という言葉を続けそうになって、けれど篤史は飲み込んだ。忍が呆れた顔でため息をつき、くるりと踵《きびす》を返す。アトリエに行ってくれるのかと思ったら、そのまま玄関のほうへ向かわれて、篤史は慌てて忍を追いかけた。

「忍！　一言声かけるくらい、いいだろ」

「分かった分かった、帰ってきたら声かけてやるから」

適当に言う忍の態度に、篤史は腹が立ってくる。

「一緒の時間に食べなきゃ意味がないんだってば。夜中に食べたって……」

「あのなあ、篤史」

不意に忍が振り返り、苦い表情で言う。

「メシ食わずに倒れても久代の自業自得。そんなのしょっちゅうなんだからほっとけ」

「そんな言い方ないだろ？　……家族なのに」

「本当、篤史は『家族』に優しいよなあ。もらわれっ子なのに」

突然、忍は形の良い口角をニヤニヤとあげてきた。

それはさっきまで篤史の機嫌をとっていた時とはまるで違う、意地悪な笑みだ。ひどい言われよう。もらわれっ子という言葉に、篤史は胃の奥が冷たくなるような衝撃を感じて、声を失った。

「あ、今、傷ついた？」

半ば面白がるような、半ば皮肉るような顔で、忍が言った。

「嘘だよ。家族だと思ってるって。ただ、篤史の久代への態度が……家族にしてはなあ、と思っただけ。よっぽど好きなんだな、久代さんが」

揶揄《やゆ》するようなその口調に怒りを感じ、けれど言い返す言葉が思い浮かばなくて、篤史は思わず忍の腕をぶっていた。けれど忍には、軽く避けられてしまう。

「おー、怖。じゃ、行ってきまーす」

「もう帰ってくんな！」

笑いながら出て行った忍に、篤史は無意識に拳《こぶし》を握っていた。

「なんだよあいつ……、ほんっと、性格悪い！」

（彼女になんか、フラれりゃいいんだ！）

台所に戻ると、怒りに任せて脱いだエプロンをテーブルの上へ投げつけた。それでも、まだむかつきは治まらなかった。

腹を立てながら一人分の食事をよそう。美味《おい》しくできたはずの筑前煮は、けれどなんだか味見の時ほどは美味しく感じない。狭い台所なのに、一人で食べているとひどく広く感じるし、隙間風がよりいっそう体に冷たい。

――やっぱり、一人ぼっちの食事は淋しい。

（忍なんか……俺のとこより、久代さんのとこより……いつも彼女のところばっかり）

ふとそう思うと、知らず、篤史はため息をこぼしていた。

十一年前、篤史は画家だった父親を亡くし、この渡会家に引き取られてきた。

もともと篤史の父親は、久代とは同じ美術大学出身の先輩画家で、画風や考え方に似通ったところがあったのか、二人は何度か、一緒に展覧会を開いていたという。どちらもあまり売れるわけではなく、妻を早くに亡くして一人きりで息子を育てていたために、久代は父が死んだ時、とても他人事《ひとごと》には思えなかったのだろう。近縁の親戚もおらず大した遺産もなかったせいか、久代が篤史を引き取りたいと言ったら、親戚たちは特に反対もせず認めてくれたらしい。

そして十一年経った今、篤史は近くの都立高校に通いながら渡会家の家計をやりくりし、食事を作って掃除をするようになった——言ってみれば、一家の雑用役だ。渡会の家にお世話になって、貧しいながらも日々寝るところ食べるものに困らず暮らせていることを、篤史は心から幸運だと思っている。感謝だってしているから、久代の役に立ちたいと思って、一家のおさんどんでもなんでも、進んで引き受けている。

きっと久代は、そんな篤史を受け入れてくれている——そのはずだ、と篤史は思う。けれど忍のほうはどうだろう？　十一年一緒に暮らしても、篤史には忍の気持ちはよく分からなかった。昔、父の葬儀の場で久代が篤史に一緒に暮らそうと言ってくれた時、忍は顔をしかめていた。

（あいつ、多分俺のこと家になぜかいる他人、くらいにしか思ってない）

だから忍は篤史の機嫌をとってきたかと思えば、手のひらを返したように意地悪にもなるのだろうと、篤史は思う。ようは忍にとって、篤史はどうでもいい存在なのだ。

「べつに俺だって忍のことなんか好きじゃないけど」

一人ぶつぶつと文句を言う篤史の耳に、ふと、忍の言葉が蘇《よみがえ》ってくる。

——ただ、篤史の久代への態度が……家族にしてはなあ、と思っただけ。

心臓が嫌な音をたてる気がして、篤史はきゅっと唇を噛《か》みしめた。

今いる台所からアトリエの方角を見たら、壁の向こうでキャンバスをじっと見つめている、久代の真剣な横顔が思い出された。

声をかけても振り向かない久代。

いつもいつもそうなのに、もう慣れているはずなのに、どうしてか篤史には、そんな久代がとても遠く感じられ、わけもなく怖くなった。


翌朝六時に一階へ下りていった篤史は、あれ、と足を止めた。台所からは香ばしいコーヒーの香りが漂い、スリッパの音が聞こえてきた。

「おー、おはよう」

台所へ入ったとたん、篤史は胡乱《うろん》な眼をしてしまった。既に身支度を終えた忍が、テーブルへ朝ご飯を並べていたからだ。

「……なにしてんの、忍」

「なにって、毎日篤史任せせじゃ悪いから、たまには俺も朝食作ろうかと思って。弁当も作っておいたぞ」

忍は昨夜の言い争いや篤史へのひどい言いぐさなどすっかり忘れたような様子で、けろっとしていた。篤史は内心、こんなことだろうと思った、と、毒づく。

糊《のり》のきいたシャツをパリッと着こなし、髪の毛もきれいに撫でつけて、忍はスーツのコマーシャルに出てくる芸能人のように爽《さわ》やかに笑っている。その姿で卵を焼き、パンを焼いて簡単なサラダを作り、できたものを器用に弁当箱へ詰め込んでいく。

（たまにしかしないくせに、手つきがいいんだよなー）

毎日やっている自分と比べても遜色《そんしょく》ないほど手際のいい忍に、なんとなく悔しい気持ちになりながら、篤史はその様子を眺めていた。もともと自分に料理のいろはを教えてくれたのは忍で、以前は忍が家事能力の一切ない久代を助けていたのだから、当然なのだけれど。

「篤史の和風な朝食もいいけどさ。たまにはこういうのもいいだろ？」

そう言いながら、忍が用意してくれたのはスクランブルエッグにビーンズサラダ、バタートーストとコンソメスープという、英国風の朝食だ。コーヒーには、篤史の好みでミルクをたっぷり、言う前から入れてくれて、差し出してくれる。どこか上機嫌な忍に、昨夜のデートが上手《うま》くいったのかなと思って、篤史は面白くない気持ちになった。忍の付き合いなんてどうでもいいけれど、昨夜ひどいことを言われた腹いせに、デートが失敗すればいいと思っていた部分もある。

けれど席について食べた朝食は美味しかった。食べ物に罪はないから、篤史はおとなしく用意してもらった食事を食べる。そんな篤史を見て、忍がにっこり眼を細めた。

「美味《うま》いか？」

「……それなり」

本当は美味しいが、昨日言われた数々の暴言が胸に引っかかり、つい意地っ張りな返答になる。けれど忍は苦笑して肩を竦めただけで、そのうちに、椅子《いす》の背にかけていた上着を羽織った。都下にある渡会家から、都心の沿岸部にある大手企業まで勤めに出ている忍は、家族の中で一番最初に家を出るのだ。

「今夜は早く帰ってくるから、一緒にメシ食おうな」

ふと睫毛《まつげ》にかかっていた前髪を優しく払われて、篤史はドキリと顔を上げた。

(本当?)

と、少しだけ思った。少しだけ、今夜は一人で食事をしないですむかもしれないと、嬉しくなった自分を感じてしまった。そんな自分がなんだか悔しい。

けれど一応見送ろうと立ち上がったら、流しの洗いおけの中につけてある食器が眼に入った。それは昨晩、篤史が残ったおかずを取り分けておいた皿だ。きれいに空になった皿を見て、篤史は眼を丸めた。

「……忍、帰ってきてからご飯食べたの?」

「うん。美味かったよ」

なんでもないように言う忍に、驚く。

「彼女とご飯食べたんじゃないの?」

「うん? うーん、軽くですましておいたから、家帰ってきたら腹減ってて」

その答えにもう一度洗いおけの中を見ると、皿は二枚ある。

「久代も夜中に食べさせたぞ。ちゃんと食ってたから安心しろ」

そう言われて、篤史は忍が出がけに約束してくれたとおり、久代に声をかけてくれたのだと知った。

「……ありがと」

篤史はぽろっと、言っていた。素直に言えば、嬉しかった。作ったものを食べてもらえないよりは、食べてもらえたほうがずっといい。もしかしたら忍はわざと、彼女との食事を軽くすましてくれたのかもしれない。作りすぎたと怒っていた篤史へのお詫《わ》びのつもりで……と、思ったから。こんなことは、本当はこれまでにも何度もあった。

(俺のご飯のことは、彼女といても忘れてないって……本当だったりして)

その時なぜか耳たぶに触れられ、篤史は思わず忍を見返した。その触れ方はひどく優しい。耳たぶに触れたままの忍にじっと見つめられて、篤史はどぎまぎとした。

「な、なに?」

忍の眼差しには、篤史にはよく分からない熱のようなものがこもっている。ふと膝を折った忍の顔が間近まで近づき、篤史は息を止めた。けれど息のかかるほど近くで、ふっと笑った忍に思い切り耳たぶを引っ張られた。

「痛っ、なにすんだよ!」

「はは、間抜けな顔」

篤史が腕を振り回すと、忍は笑いながら離れ、スーツのポケットから折りたたんだ一万円札を数枚、篤史の制服の胸ポケットへ入れてきた。

「なにこれ?」

驚いて声をあげると、「家計費に足しとけ」と言われる。

「玄関の、久代のキャンバス。あれ、どうせお前が立て替えてんだろ? で、どうせ金くれって言えてないいんだろ」

図星を突かれて黙り込むと、忍が呆れたように肩を竦めた。

「だと思った。お前、もうちょっと久代に物言えないとこの先困るぞ」

「……でも久代さん三千円しか持ってなくて」

「それはあいつがずぼらなんだよ。まあ、とりあえずはそれで急場をしのげよ」

忍はそう言うと、廊下に置いておいたらしいカバンをとって出て行ってしまう。あっと思って追いかけた時にはもう玄関の向こうで、もらったお金を数えたらちょうど五万円あった。篤史の胸に、じわっと熱いものがこみあげてきた。

(忍だって大変なのに……)

忍には、もともと毎月いくらかもらっている。時には画材にお金を割かねばならない久代より、多くもらうこともある。久代の親が遺してくれた渡会家の財産は実はこのボロい一軒家だけではなく、同じくらいボロい木造建ての小さなアパートがあって、一応店子《たなこ》から家賃をもらっているけれど、なにしろ古くて毎月どこかが壊れてしまう。その修繕費や税金などを支払っていると、結局その不労収入などあってないようなものになり、週三回の久代の講師の給料も吹けば飛ぶような収入にしかならない。そこから生活費を払い、税金を払い、貯金をして……となると家計は本当にいつもぎりぎりだった。去年から忍が働きに出てくれるようになったが、忍も自分で大学の奨学金を返済しているし、社会人二年目のサラリーマンの給料なんて、いくら大手企業の営業職でもさほど多くはない。飲み会などの交際費も捻出《ねんしゅつ》しなければならない中、自費から五万円も入れてくれるのは、相当な痛手だろうと思う。

(べつに俺のためじゃないだろうけど)

——きっと忍にとって篤史は、家の中になぜかいる他人には違いないけれど……忍の根は、優しいのだ。こうして時々優しくされるから、篤史は忍を嫌いきれないでいる。

その時、篤史はハッと我に返った。

「あれっ？　そういえば、久代さん！」

慌てて時計を見れば、久代が出るべき時間まであとちょっとしかない。篤史は急いでアトリエへ駆け込んだ。

「久代さん！　朝！　朝だよ！」

案の定、久代は昨日見た体勢のまま眠りこけていた。髪の毛は鳥の巣よろしくボサボサ、シャツもすっかり汚れていた。

「あれえ？　おはよう、あっくん」

けれど揺り起こした久代は、こちらが脱力するほど脳天気な笑顔だった。その久代を急きたてて支度をさせ、忍が作ってくれていた弁当を、久代のぼろぼろの肩掛けカバンへ押し込む。

「あっくん、ごめんね。ありがとう」

洗面所から出てきた久代は、顔を洗っただけのようだ。相変わらず髪の毛に油絵の具がついているし、シャツも着替えてはいるものの、袖が一部破けて絵の具のしみがある。

「ひ、久代さん。それ、そのシャツしかないの？　ズ、ズボン昨日のまんまじゃない。ポケット破けてるし、あ、せめてベルトはして！」

まったく——つくづく、忍と久代は正反対だ。忍のほうはいつでもそのまま雑誌に載れそうな姿なのに、久代は一歩間違えれば河川敷で段ボールの家に住む人と変わらない。

「大丈夫、大丈夫。今日は上着は要らないみたいだよ、暖かいんだって」

「そ、そういうことじゃなくてね……」

せめて髪の毛に櫛《くし》を入れて、と言おうとする間もなく、久代は「行ってきまーす」と手をふって出て行った。仕方がないので諦《あきら》めて見送りながら、篤史は苦笑いを浮かべる。

通りを歩き出した久代の後ろ姿は、ふらふらと足下が危うくやがて電信柱にぶつかったりした。たぶん、昨夜はほとんど寝ていないのだろう。篤史は思わず、吐息を漏《も》らした。

絵を描くのにはお金がかかる。けれどそれ以上に、時間がかかる。

その時篤史はもう今ではあまり記憶にない父のことを、思い出した。

父も久代と同じように、仕事から家に帰ってくると夜中まで絵を描いていた。小さなアパートの一部屋を居間兼寝室に使い、もう一間を申し訳程度のアトリエにしていた父。夜中篤史が眼を覚ますと、部屋と部屋を仕切る襖《ふすま》の隙間から、いつも光がこぼれていた。そっと覗くと、キャンバスをじっと見つめる、父の疲れた顔があった。あの頃、絵を描いていた父に、篤史はいつも声をかけられなかった。

どうしてか、そんな時の父は篤史のことを忘れているように見えて、声をかけても振り向いてくれないような……そんな気がして、怖かったから。

胸の底が、鈍い痛みに襲われた。

ごめんね、と篤史は思った。朝日の中に消えていく、久代の背中に。

（好きな絵だけ、描いていたいよね。……早く、絵だけ描かせてあげたい）

そのためには、自分が自立しなければいけない。

（早く自立して、早く一人前になって、久代さんを助けて……）

篤史の中に、切ないものがこみあげる。今すぐ久代のところへ行き、その背中にすがりつき、自分のほうを振り向いてほしい気持ち。俺を見てと言いたい気持ちが、湧いてくる。

（俺は久代さんが、好きみたい……）

この希求の気持ちをなんと名付けるか分からなくて、篤史はそう思うようになった。いつからか、自分を育ててくれた父親がわりの久代を、自分は好きになっていたらしい、と。

忍が時折とても冷たくなるのは、篤史の気持ちに気づき、それを嫌悪しているからかもしれない——と、思うことがある。

(本当にそんなことがバレたら……嫌われるどころか)

渡会の家にいられなくなる。それだけはどうしても避けたい。篤史は久代を好きだけれど、久代とどうこうなりたいわけじゃない。

(ただ一緒に暮らせてたらいい。……本当の、家族みたいに)

その場に立ち尽くしたまま、篤史は久代が通りの角に消えるまで、ずっと見送っていた。

二

篤史《あつし》が通う高校は、渡会《わたらい》家から徒歩圏内にある都立高校だ。とはいっても都内では偏差値の高い学校のせいか同じ中学校出身の生徒が少なく、篤史は大抵いつも、高校に入ってから仲良くなった二人の生徒と一緒に、昼ご飯をとっていた。

「うお、篤史の弁当なにそれ。芸術？」

その日の昼休み、うららかな春の陽《ひ》が射しこむ教室で、家から持ってきた弁当では足りずに購買のパンを三つも買い足して食べているサッカー部の野波《のなみ》が、声をあげた。

「珍しいね。一ノ瀬《いちのせ》がそんなカラフルなお弁当」

涼しげな顔に眼鏡《めがね》をかけている白井《しらい》は、この学年で常に一番の成績をキープしている。

その二人が覗き込んだ篤史の弁当は、今日久しぶりに忍《しのぶ》が作ってくれたものだった。

輪切りのウインナーをコンソメ風味の卵とからませたオムレツ。アルミのカップにキノコを入れ、オーブンで焼いた簡単なチーズ焼。手ごねの小さなハンバーグと、ミニトマトが彩りよく並んでいる。食べると、どれもこっくりと味がついていて、美味しい。あり合わせの材料を使って何品も作れてしまうところは、忍らしい器用さだった。

この数年間、平日はほとんど毎日弁当を作っている篤史は、一回一回にここまで凝ることはできず、彩りは大体茶色になってしまう。

「これ作ったの、しの……兄貴だから」

さらっと言うと、野波が「マジでぇーっ」と声をあげた。

「篤史の兄貴ってあれだろ、高一の時授業参観に来てた、超イケメン」

「そういえば女子に大人気だったな」

二人から思い出すように言われ、篤史は内心気まずくなった。二年前、まだ学生だった忍は仕事のある久代のかわりに何度か学校行事に顔を出してくれていた。若いうえに相当ルックスがいいので、クラス中の視線と同席していた父兄の注目まで集めてしまい、篤史は正直恥ずかしい思いをした。

「すっげぇな、兄貴。イケメンで料理も上手くて。完璧《かんぺき》じゃん」

「イケメンで料理できるけど、女癖悪いよ。口も悪いし。普通にやなヤツだよ」

これ以上忍の話をしたくなくて口早に言うと、聞いていた野波がぽかんとし、白井からもまじまじと見つめられて、篤史は思わず構えてしまった。

「なに？」

「いや、珍しいなと思って。一ノ瀬が誰かの悪口言うの。身内とはいえ」

「お前、基本誰に対しても優しい、いい子ちゃんじゃん。兄貴にだけは厳しいのな」

「……いい子ちゃんなんかじゃないけど。もういいだろ、人ン家《ち》の話は」

言われたことに納得がいかずにややムッとしたけれど、野波も白井もあっさりと引き下がってくれて、その話はそれで終わりになった。

二人のこういうところが、助かる——と、篤史は思う。

「ところで、二人はもう進路の希望票出した？」

弁当を食べながら、話を変えて白井が訊いてきた。そういう白井は、国内で最も偏差値の高い大学を第一希望にしている。

「俺はサッカー推薦。今度の大会でいい成績出せたらいけそうだって。お前ら応援しろよ」

野波は高校にもサッカー推薦で入っている。この都立高校は進学校だが、昔からサッカーだけは強くて学校側も力を入れており、野波のような生徒はテストの成績が悪くてもある程度は許される雰囲気がある。

「一ノ瀬は？　もちろんどこかの大学狙《ねら》うんだろう？　よかったら、夏期講習うちの塾で一緒に受けないか？」

不意にお鉢が回ってきて、篤史は一瞬固まってしまった。白井の言葉に、野波が「おー、篤史も頭いいもんな」と乗ってくる。

篤史は毎日、授業の予習復習を欠かさず試験勉強もそれなりにやっているので、昔から学校のテストに強い。成績は確かに、白井ほどではないが学年三十番内から落としたことがなく、基本的に提出物も遅らせずに掃除はきちんとやるし、とりたてて校則違反もしない。小学生の頃から、通知表には必ず「生活態度・優良」と書かれた。そのせいか友人関係も、誰かとつるむよりも互いに自立して付き合えるほうが楽で、高校ではそれぞれが自分の場所で頑張っている野波や白井と過ごすのが居心地好くなった。押しつけず入りすぎず、けれど互いに好ましく思っている関係性。なのでお互いの進路のことも、今日の今日まであまり話題にしたことがなかった。それぞれ、自分のことは自分で決めるのが篤史たち三人の中で自然なことだったからだ。

「N大とか、C大？　一ノ瀬のことだから、きちんと考えてるんだろ？」

「お前なら、頑張ったら白井クラスのとこ行けんじゃねえの？」

二人に訊かれ、篤史は「えーと……」と、口ごもった。

「なんだよ。進路の希望票まだ出してねえの？　篤史が提出物遅らせるって珍しいな」

「……ううん、希望票はもう出した」

そう言うと、野波がぱちくりと瞬きした。白井が弁当を置き、「じゃあもう、決まってるのか」と言ってくる。篤史は観念して、

「俺、進学しないんだ。就職って書いて出した」

と、白状した。白井が一瞬眼を瞠《みは》り、野波が一拍遅れて「ええーっ」と素っ頓狂な声を出す。同じ教室にいた生徒の数人が、こちらを振り向く。

「なんで？　なんかやりたい仕事あるのかよ」

「それはこれから考えるけど」

「って、なにそれ。先に答えだけ決めてんの？　お前らしくねえじゃん」

野波が眉《まゆ》を寄せる。

「親もそれでいいって言ってんのか？　篤史の親父《おやじ》さんて、画家だったよな？　美大行ってほしいとか言わねえ？　それとも就職しろって言ってくんの？」

「さあ。ひさ……父はなにも言わないけど」

「なんだそりゃ、話し合ってねえのかよ。なあ、お前の家に行かせろよ。俺、親父さんの気持ち訊いてやるから」

自立した友人関係――と言っても、篤史たちはドライなわけではない。相手を信頼しているから放っておけるだけで、野波は篤史が悩んでいると思い込んだのだろう、急に心配をしはじめた。それはそうだ。これだけ成績をキープしてきて、大学に行かないとはなにごとだと思われるだろう。それでなくてもこの高校では就職組はわずか数パーセントだ。

けれど、篤史はますます困った。野波の気持ちは素直に嬉しかったけれど、篤史にはどうしても家に来られたくない理由があった。

その時廊下側の窓から顔を出した社会科教師の川口《かわぐち》が「一ノ瀬」と、篤史を呼んだ。

「こないだの課題プリント、集めといてくれたか？」

「あ、はい。集めておきましたよ」

「それなんだけど、悪いけどなあ、次の授業までに準備室に持ってきてくれるか」

篤史がいいですよ、と言う前に野波が「先生、他の人にも頼めよ」と口を挟《はさ》んだ。

「毎週、篤史に頼んでんじゃんかー」

「そうは言っても野波、お前には一ノ瀬くらいしっかりやれないだろ」

川口が苦笑気味に言うのにも、一理ある。篤史はしょっちゅう頼まれて雑用をやるのだが、頼まれると断らないし、言われたことはきっちりやる性分だった。

「プリントくらい俺でも集められますって」

「一ノ瀬が集めるときれいなんだよ。じゃ、悪いけど、頼めるか?」

川口の言葉に、篤史は笑いながら「いいですよ」と返事した。川口が去って行くと、野波が肩を竦める。

「お前、ほんと優等生だなー。クラス委員でもねえのにさ」

「どうせ余った時間だし。役に立てるんなら嬉しいし」

そういう答えが優等生なの、と言う野波に、白井が「仕方ないよ」と口を挟む。

「一ノ瀬が集めたら、全部出席番号順に並んでて助かるって、こないだ先生たちが職員室で話してたからね。そういうとこまで、普通は気が回らないだろ」

「……まじで。すっげえな、篤史。なにその気遣い。良妻すぎる」

「俺、わりと神経質だから。じゃ、持って行ってくる」

野波がぎょっとしたのを無視し、篤史はそそくさと立ち上がった。今はこの場を抜け出す理由ができたことが、嬉しかった。これ以上進路の話をしたくないし、やたら雑用に慣れていることも――掘り返されたくない。

教室を出ると、後ろから白井が追いかけてきて篤史に並んだ。すらりとしている白井は、篤史より頭半分背が高い。

「あれ、白井。トイレか?」

訊くと、「まあそんなとこ」と答えが返ってくる。本鈴前のまだ騒がしい廊下を、トイレの前まで他愛のない話をして連れ立ったが、別れ間際になってふと白井が篤史を見た。

「一ノ瀬、さっきはああ言ってたけど。進路のことさ……なんか困ったことあったら、相談に乗るから」

さらっと言われて、篤史はドキリとした。白井は落ち着いた顔で、「野波も言ってたけど」とつけ足してくる。

「意味もなく就職って決めてるのは、あんまりお前らしくないって思う」

篤史の答えを待たず、白井がトイレの中へ入っていく。篤史は一瞬その場に立ち竦んだ。

(ありがと、白井。……ありがと、野波)

それから、ごめんな、と二人に思った。

感謝と一緒に、本心をすべて伝えられない後ろめたさが胸を襲ってくる。話してもいいのかもしれないと思いながら、まだ話せない、と思ってしまう。篤史は小さく、ため息をつく。

いい子ちゃんとか、優等生だとか、しっかりしているとか。

学校ではよくそう言われているけれど、わざとじゃなくて、自然とそうなった。そんな自分のイメージからすると、大学に進学するのが当たり前なのだろうなあと思う。

(でも俺がいい子ちゃんに見えるのは、べつに、進学のためじゃないんだよな……)

うつむくと、制服のポケットの上に小さく刺繡《ししゅう》された『一ノ瀬』の文字が見えた。

篤史は友達を、ずっと家に呼んだことがなかった。心から信頼している白井と野波でさえ、学校から家は徒歩圏内だというのに、呼んだことがない。

それはいやだからだ——表札を見られるのが。表札には、渡会とある。その下に小さく括弧《かっこ》つきで、(一ノ瀬)とつけ足されている。篤史は渡会家で家族の一員のように過ごしてはいるけれど、久代の籍に入っているわけではない。それを、知られたくなかった。

複雑な家庭事情を知られて同情されたくないとか、自分のプライドが傷つくかもとか、そんな理由ではなかった。ただ、冷静に話す自信がない。

毎日家に帰ってあの表札を見るたび、篤史の胸には暗い濁りのようなものが湧いて、気持ちがもやもやしてしまう。それはいい知れない不安だった。自分の足下から地面がなくなって、風が吹けばどこかへ飛んでいってしまいそうな——そういう不安だった。

(俺、本当は天涯孤独なんだよね。でも渡会の二人を本当の家族だと思ってるし、大丈夫。向こうだってそう思ってくれてる――なんて言ったら、絶対俺、わざとらしくなる)

それはきっと、本心からそう思えていないからかもしれない。

(俺だけ家族ごっこ……してるんだろうなあ)

朝から晩まで家の中のことにかまけていても、久代は夕飯を食べ忘れるし、忍は篤史を家族だとは思っていない。

胸がちくりと痛む。心の中にこみあげてくるのは、たった一人で一人分の食事を食べている時にいつも感じる、心もとない淋しさ。

十一年前の夏、一緒に坂道を登っていた父。話しかけても、父は篤史の声が聞こえていないようで、怖かった。

あの時、お父さん、つらい？　と、篤史は思っていた。

(俺がいるから、辛い……？)

篤史の抱えている淋しさはいつも、あの時の気持ちに似ている。

けれど篤史はその考えを振り切るように、人気のない階段を二段飛ばしで駆け下りていった。

一度家に戻って制服から普段着に着替え、スーパーへ夕飯の買い物に行って帰ってくると、玄関には古びた白いスニーカーがあった。黒く汚れて穴の開いたスニーカーは、久代のものだ。

（久代さん、帰ってきてるんだ）

時計を見ると、まだ夕方六時だった。たまに授業カリキュラムが変更になり、予定より早く久代が帰宅する日があるけれど、今日はちょうどその日だったらしい。篤史は嬉しくなりながら、「久代さん、ただいまー！」と玄関先で声を張り上げた。

「おかえり、あっくん」

と、アトリエにこもっているとばかり思っていた久代が、意外にも居間のほうから顔を出して微笑んだ。

「あれ、久代さん、休憩中だったの？」

篤史が驚いて居間のほうへ行くと、久代はどこか浮き足だった様子で声を弾ませている。

「あっくんに見てほしいものがあって、待ってたんだよー」

買い物袋を下げたまま居間へ入った篤史は、思わず、ごくりと息を呑んでしまった。

「……ひ、久代さんそれ、どうしたの？」

なにかの夢を見ているのだろうか。久代はいかにも新調したばかりの、上等そうなスーツを着ていた。普段忍が着ているような見映えのする洒落《しゃれ》たデザインだ。中のシャツもきちんとアイロンがけされ、絵の具がついていたり破れたりしていない新品。ネクタイは深い青の光沢素材で、とてもシックだ。どうやら床屋にも行ったらしく、髪もこざっぱりとしている。もともと背が高くて整った顔をしている久代は、そうするといつものだらしない姿などとても想像ができないほどかっこよかった。よく見ると、床の上には有名なスーツ専門店の紙袋が置いてある。

「久代さん……、そ、その、ス、スーツ買ったの?」

「うん。あ、大丈夫。ちゃんとお小遣いから買ったよ～。全然分からないから、店員さんに選んでもらって……着て帰って来ちゃった。あっくんに見てもらいたくて」

嬉しそうな久代の顔が、ふにゃふにゃと緩みきっている。篤史には一瞬、事態が飲み込めなかった。なぜいきなりスーツなんて買ってきたのか? 今朝だって、篤史がどれだけ言っても薄汚れた格好で平気で出かけて行ったような久代が。

「そ、そっか。どうりでネクタイ……久代さんよく結べたなあって思った」

「店員さんがやってくれたんだよー。やり方も教わったよ」

久代が頬を紅潮させ、眼をきらきらと輝かせて篤史の前でくるりと一回転する。

「ねえ、あっくん。これどう? 似合ってる? 好感もてる?」

「あ、うん。似合ってるよ。好感……も、もてるんじゃない? 久代さんもともと、優しい顔してるし……」

「ほんと? よかった。来週の月曜にこれ、着て行かなきゃいけないから」

「え、どこに」

浮かべていた笑みが、引き攣《つ》ってしまう。篤史は、狐につままれたような妙な気持ちだった。けれど久代はえへへ、と照れたような顔をして笑っている。とその時、久代の携帯電話が鳴りだした。マナーモードのやり方を知らない久代の携帯電話は、ずいぶん前にこの電話を契約してきた忍が設定した、子ども向けの童謡が大音量で鳴る。

「あ、こんにちはっ、はい、渡会です。渡会久代です。あ、二回言っちゃった。あはは」

その電話に出た久代は、なぜだかやたらと舞い上がっており、すっかり頬を赤らめて、廊下のほうへ出て行った。その久代を、篤史は呆然として眼で追った。

(ど、どうしちゃったの……、久代さん)

明らかに行動がおかしい。

「はいっ、はいっ、大丈夫ですよ、来週の月曜日は授業もないですから。お会いするの、すごく楽しみにしてたんです」

耳をそばだてていた篤史は、ハッとした。来週の月曜。久代の電話の相手は、どうやら久代が新調したスーツを着て会うべき相手らしい。久代は多分、その人に『好感を持ってもらいたい』のだろう。

「ええ。お互いに、一番いい形で決められるように……そうですね、月曜」

久代はまるでなにかを嚙みしめるように言っている。その声からは、隠しきれない喜びがにじんでいて、篤史は急に緊張してきた。一体、久代は誰と話しているのだろう。電話を切った

らしい久代が、また廊下から戻ってきて篤史に声をかける。

「あっくん。僕、アトリエにいるから、ご飯お願いして大丈夫?」

「あ……う、うん。後で呼ぶね。あ、コーヒー持って行こうか?」

「わあ、ありがとうね」

うきうきした口調の久代がアトリエに行こうとしたその時、篤史は思わず「あ、あの久代さん」と呼び止めていた。

「さ、さっきの電話だけど……あ、あの、スーツ着て会う人って……」

もじもじしながらチラッと久代を見ると、振り向いた久代は満面の笑みだった。

「ちょっとね。新しく知り合った人。まだ分からないけど……そのうちちゃんと決まったら、紹介できると思うから……」

それだけ言ってアトリエに行ってしまう久代を、篤史は愕然《がくぜん》として見送った。頭の奥で、小さく耳鳴りがする。

紹介できる? ちゃんと決まったら? 新しく知り合った……?

はっきりと話してもらえなかったことが、よけいに憶測を呼んだ。

(もしかして……久代さんに、好きな人ができた、とか?)

さっきの会話といい、突然スーツを買ってきたことといい、そうとしか思えなかった。あんな久代は一緒に暮らすようになってからの十一年この方、一度だって見たことがない。

（お互いに一番いい形で決めるって、なにを……？）

もしかしたら、再婚？

その言葉が頭の隅をちらつき、篤史は膝から力がぬけていくのを感じた。カーペットの上にへなへなと崩れ落ちると、ショックで頭の奥が、凍ったように冷たくなる。

（だけどありえないことじゃない。だって、久代さんもう奥さん亡くして長いし、でもまだ若いし、いくらだって……）

一見薄汚れた、ぼんやりしたおじさんでも、本当の久代は素敵な人だ。久代が大好きな篤史は、誰よりもそれを知っていた。久代の絵は久代の心の中をそのまま映したように、いつも優しく愛情に溢れていて、見る者を温かな気持ちにさせる。そんな久代のいいところに気がつく相手がきっといつか現われるだろうと、篤史だって思っていた。

（久代さんが再婚しちゃったら……俺、どうなるんだろう？）

もう一人『渡会』が増えてしまったら。自分はこの家にいられるのだろうか？　いて、いいのだろうか。

（相手の人がいくらいいって言ってくれたって……血もつながらない俺がいると、きっと気を遣うよな）

篤史はやかんを火にかけ、カップにインスタントコーヒーの粉を入れたけれどその間中ずっと、指が細かく震えていた。こみあげてくる不安を押し込めるように、ごくりと息を呑む。ふと、忍のことが脳裏に浮かんだ。

——忍に話したら、なんと言うだろう。

興味のない顔で、「それがなに？」と言われるだろうか。それとも篤史の不安をくみ取って、「家にいていいんだよ」と、言ってくれるだろうか……。

(忍がどう言おうが、関係ないじゃん。なに弱気になってんだよ、俺)

篤史は慌てて自分に言い聞かせ、久代にコーヒーを淹《い》れて持って行った。けれどアトリエに行くと久代がちゃんとスーツを脱ぎ、エプロンをかけた姿で油絵を描いていて、篤史はさらにショックを受けた。

(久代さんが……絵より、洋服のことに注意するなんて……)

明後日の約束が、よっぽど大事なのに違いない。呼んでも気づかない久代をそっとしてコーヒーだけ置き、一人夕飯を支度する間、篤史はなんだか泣きたいような気持ちだった。

(……久代さんに好きな人できちゃったら、俺……)

出て行かなければならない、と篤史は思った。

一度そう思ったら、家にいる間はほとんどの時間を過ごす、慣れ親しんだ台所でさえ、急によそよそしく感じる。手が滑って皿を割り、それを片付けようと慌ててると、指を切って血が出てきた。まっ赤な血が流し台の上にぱたぱたと散るのを見ながら、不意にみじめな気持ちがこみあげてきた——。これが失恋という感情なのだろうか？

いつの間にか、外では雨が降り出していたらしい。壁の向こうからサアサアと静かな雨音が聞こえてきた。四月の気温は春雨に冷やされて一気に凍ったのか、足下をぬけていく隙間風は寒々としている。家の中はひっそりとし、その隙間風の音まで聞こえてきそうなほど、シンとしていた。

芯《しん》から体が冷えていくようで、篤史は細い肩を竦め、体を小さくした。

時計を見ると、もう夜七時。

今朝早めに帰ってくるよ、と言ったくせに、忍はまだ帰って来ない。大皿いっぱいに作った唐揚げが、少しずつ冷めていく。

忍、帰ってきてよ、と篤史は思った。

(帰ってきてよ……、それで久代さんに好きな人なんかいるわけないって、言ってよ)

どうしてそんなことを思うのだろう。忍なんて、篤史のことを好きじゃないし、仲が良いわけでもないのに。耳たぶにそっと手を当てると、今朝、ここに触れてきた忍の熱っぽい眼差しが瞼《まぶた》の裏に浮かび上がった。忍に慰めを期待してしまうのは多分、忍が時々するあの眼のせいだ……、と、篤史は思う。

(俺のこと、時々すごく優しく見てくれるから……勘違いしてるんだ)

ため息をつき、篤史はきっと久代は気づかないだろうけれど、一応夕飯ができたと呼びに行った。アトリエへ入ると、中はレフ電球も点《つ》いておらず、薄暗かった。

「久代さん?」

見ると、久代はイーゼルの前に寝そべっていた。篤史の頭の中に、一瞬冷たいものがよぎった。それは、久代が十一年前の父のように、突然倒れてしまったのではないかという疑いだった。

矢も盾もたまらず駆け寄り、呼吸を確認する。けれど久代の口からは、すうすうと穏やかな寝息が聞こえてきて、とたん篤史は深い安堵《あんど》に、長い息を吐き出した。強ばっていた肩から力が脱け、心臓がドキドキと脈打っているのが聞こえる。

寒々しい部屋を少しでも温めようと古びたストーブに火を入れると、室内は橙《だいだい》色《いろ》の光にぼんやりと浮かび上がった。

久代の手には、まだ絵筆が握られたままだ。きっと疲れて、途中で寝てしまったのだろう。篤史は久代の手からそっと絵筆をはずし、座椅子の背にかけてある薄手のブランケットをとって音をたてないようゆっくり、かけてあげた。

寝こけている久代の顔には、疲労がにじんでいる。

それはそうだ。この十一年、久代は講師をやりながら寝る間を惜しんで絵を描いている。

(俺を引き取らなかったら……絵だけ描いていられたのに)

篤史は時折、思い出す。七歳の時ここへ引き取られたばかりの頃は、久代は外では働いておらず、一日中絵ばかり描いていた。親からもらったこの古い一軒家と、ぼろぼろの木造アパートの不労収入のおかげで、忍と二人だけなら、贅沢《ぜいたく》さえしなければ暮らしていけたのだと篤史が知ったのは、何年も経ってからのことだった。

引き取られて間もなくして、篤史は忍と二人、久代から相談された。

『お父さんは働きに行こうと思います。絵の先生をやるんだよ。二人はそれでも、大丈夫かな?』

——久代は、あまり器用な父親ではなかった。

料理もゼッケンつけも、久代より忍のほうが上手で、篤史は家のこまごましたことを、すべて忍から教わった。けれどどんな時も、なにをするにも、まず一番に子どもたちの気持ちを訊いてくれる。それが久代のなによりいいところだった。

当時から久代の決めたことに干渉しなかった忍は、

『まあ、親父がいいんならいいんじゃない』

と言っただけだったけれど、篤史はとても淋しかった。もちろん、それは言えなかったけれど。それでも当時中学生だった忍とはまだ馴染《なじ》めておらず、父を亡くした篤史にとって久代だけが自分のよりどころに思えて、久代が仕事から帰ってくると、嬉しくて嬉しくて、ずっとべったりとくっついて離れなかった。

ある日の夕暮れ、篤史は仕事から戻った久代と一緒に、洗濯物をたたんでいた。その日学校であったことをあれこれと話す篤史に、久代はずっと相づちを打ってくれていたけれど、やがてその相づちが途切れ、ふと見ると、久代は血の気のない青ざめた顔でカーペットの上に倒れていた。

——あの時、篤史は父を思い出した。坂の途中でぱたりと倒れ、そのまま逝ってしまった父。その父と久代が重なり、そのまま久代も死んでしまう気がした。

そうなったらどうしよう。そうなったら、もう生きていけない——そう思った。

(久代さん)

篤史は毛布をかける手をとめて、久代の顔をじっと見つめた。

——あっくん。あっくん。

十一年間、篤史を呼び続けてくれた久代の柔らかな声が耳の奥へ返り、篤史はたまらなくなった。気がつくと久代の肩に頭を押しつけるようにして身を屈《かが》め、その薄い体に抱きついていた。久代の体からは、画材の匂いが香ってくる。懐かしい匂いを吸い込むと喉の奥が切なく痛み、篤史はぎゅっと眼を閉じた。

「……ごめんなさい」

小さな声で呟くのと同時に、罪悪感がこみあげて、胸が締めつけられる。ごめんなさい。

——こんなに早くに逝くなんて。一人でお子さんを育てて、苦労されてたからよ。

父が死んだ時、何度も人がそう言うのを聞いた。疲れさせていたのは自分だろうか？

喉の奥がきゅっと細くなるような、息苦しさを覚える。もし久代が誰かを好きになり、その人と再婚したいと言っても、篤史には反対なんてできない。それで自分が家を出て行くことになっても……仕方がない。久代のためだったらそれくらいきっとできるし、完璧な笑顔を作って歓迎しよう。きっとできるはず。できるけれど……。

（そうなったら、俺の家族は一人も、いなくなる……）

――淋しい。

淋しさで、心臓が押しつぶされるような気がする。こうして久代に体ごと寄り添わせていても、心の中にある不安も淋しさも、消えないのはどうしてなのだろう。

その時、すぐ後ろでガタン、と音がして篤史は弾《はじ》かれたように身を起こした。

「あ……悪い。台所にいなかったから」

一瞬で、篤史は体が硬直するのを感じた。アトリエの出入り口には、いつの間に帰ってきたのか忍が立っていた。鴨居《かもい》に手をかけ、長身を曲げるようにしている忍の眼には、普段なら見たことがないはずの戸惑ったような色が浮かんでいる。

（見られた）

頭の中に冷たいものを流し込まれたかのように、篤史は血の気がひいていくのを感じた。久代の体に抱きついていたのを、忍に見られた。他の人ならまだよかった。この世で一番見られたくない人に見られた、と思った。

額に汗がにじみ、心臓がドキドキと激しく鳴りだすのを感じる。

ただでさえ忍には自分の気持ちを疑われているかもしれないのに。軽蔑《けいべつ》される、と篤史は思った。自分の父親を好きな男なんて、絶対に家族には思えなくなるはずだ。追い出されるかもしれない。久代にも、自分の気持ちを知られてしまうかもしれない。

(ど、どうしよう……)

手のひらが、ぶるぶると震えだす。その時、玄関のほうから大きな声で「渡会さあん」と声がした。聞き覚えのある女性の声に、篤史は隣に住む高野《たかの》さんの声だと分かった。

「あ、お、俺、出るね」

とにかくこの場から離れたくて、篤史は逃げるように忍の脇《わき》をすり抜け、玄関へ行った。案の定、玄関には隣家に住む主婦の高野さんが立っていて、ビニール袋を抱えていた。

「あ、あっくん。これ、田舎《いなか》から送ってきたイチゴなの。たくさんあるからお裾分《すそわ》け」

六十がらみの高野さんは昔から男所帯の渡会家を心配し、なにくれとなく親切にしてくれるお隣さんだ。引き取られてきた篤史の事情も知っており、可愛《かわい》がってくれている。

「あ、いつもすみません。こんなにたくさん……」

袋を受け取ると甘酸っぱいイチゴの匂いが、玄関先へ広がる。頭を下げると、高野さんが「今朝、歩いてたら学校行く久代さんに会ったのよ」と言った。

「ふらふらして、すごく顔色悪かったから心配になったわあ。あっくんも、早く大きくなって久代さんを助けてあげないとねえ」

なんの悪気もなく、高野さんはそう言ってきた。なんの、悪気もない。篤史もそうと知っている。知っているのに――どうしてか、その言葉は重たく、篤史の肩にずしりとかかってきた。耳の奥へ、いつだったか父が死んだ日に、古いアパートを貸してくれていた大家さんから言われた一言が、蘇るような気がした。

――早く大きくなって、お父さんを助けてあげなきゃね。

(もし久代さんに好きな人ができたら、やっぱり……出て行かなきゃ)

ふと、そう思う。とりあえず、篤史は微笑んだ。

「……ほんと、頑張らなきゃ」

本当はそんなこと、言われるまでもなく思っている。毎日毎日、思っている。

「どうもー、高野さん。お久しぶりです」

これ以上なにを言えばいいか迷っていたら、後ろから、まだスーツ姿の忍が出てきてにこやかに挨拶《あいさつ》してくれ、高野さんが嬉しそうな顔になった。

「あらぁ、忍ちゃん。また見違えるくらい男前になって」

「うわ、美味そうなイチゴ。今度、なにかお礼に買ってきますね」

「いいのよ。じゃあ、お父さんによろしくね」

高野さんが上機嫌で出て行くと、玄関先に取り残された篤史は忍と二人きりになり、黙り込んでしまう。忘れていた緊張が蘇ってきて、うつむいた。

（どうしよう……）

さっき篤史が久代に抱きついていたことを、忍はどう思っているだろう。訊くのさえ怖く、けれどなにも言わないのも不自然で篤史は迷った。

すると頭の上で、小さく、苦笑するような気配があった。やがて篤史は、忍の大きな手に、優しく頭を撫でられるのを感じた。

「……そんなに急いで、デカくなることないぞ」

言われて、眼をあげる。視線が合うと、忍が苦笑いを浮かべて、肩を竦めた。

「そんなに急いで、大人にならなくていいから。お前は逆に、久代にもうちょっとワガママ言えたほうがいいんじゃないか？」

たった今、高野さんから言われていたことを忍は聞いていたのか。それでどうしてこんなことを言ってくれるのだろう？　忍の真意が分からなくてなにも返せないうちに、なぜだか忍は脱いでいた靴を履きはじめ、篤史はハッとなった。

「し、忍。どこ行くの？　もうご飯できてるよ」

（今日はうちで食べるって、言ったよね）

今朝の約束をあてにしていたと知られたくなくて、その先は心の中で付け加える。

「なに作ってくれたの？」

「唐揚げ……」

メニューを訊いてくるくせに、忍は靴を履く手を止めようとしない。

「久代さんが好きだから。久代さん起こしてきて、三人で一緒に食べようよ」

なぜ自分がこうも必死になっているのかよく分からないまま、篤史は言葉を継いだ。けれど忍は、小さく、自嘲《じちょう》するように笑っただけだった。独り言のように、「……久代さんの好物かあ」と呟かれて篤史はドキリとした。

「し、忍も好きだろ？」

「うん、まあね。……や、悪い。彼女から電話来たから。冷蔵庫にケーキ入ってるからさ、食べろよ」

意地悪を言われているわけでもないのに、どうしてか篤史には忍の口調がひどく素っ気ないものに感じられた。拒絶されている、そんな気さえした。

（お、俺が久代さんを好きだって、バレたから……？）

行かないでよ、と思った。今篤史は忍に、話したいことがたくさんあるのに。

（久代さんの電話のこと、聞いてほしいのに……）

子どもっぽいと思いながらも、忍には家族より、自分より、彼女のほうが大事なのかと責めたくなった。けれど責められるはずもなく、黙り込む。忍はさっさと家を出て行き、篤史は一人玄関で立ち尽くした。

台所に戻って冷蔵庫を開けると、本当にケーキが入っていた。

篤史は仕方なく、作ったおかずをテーブルへ並べた。ぼんやりと作ったわりに、今日の品数は多かった。忍が早めに帰ってくると言っていたし、忍からお金ももらったので、篤史なりに奮発したのだ。

シンプルな鶏の唐揚げ。甘く炒《いた》めた玉葱《たまねぎ》と水菜に、豆腐をのせたサラダ。白滝を明太子にからめた付け合わせに、簡易なぬかにつけてある香の物も切って、小鉢も用意した。それに大根と揚げの味噌《みそ》汁、あつあつのご飯。

けれど一人で食べる食事は味気なく、美味しくなかった。

(いつから三人一緒に、……忍と一緒に、ご飯食べてないっけ……)

ふと、思う。これから先も、もしかしたらもう一緒に食べられないかもしれない。

(忍に、俺の気持ちがバレて……嫌われたら。それに久代さんに好きな人ができたら……)

突然、じわっと涙が浮かんできて篤史は慌てて手の甲で涙を拭《ぬぐ》った。けれど涙はいくらかご飯の上に落ちて、食事は少し塩っぽくなってしまった。

三

夢の中で、篤史《あつし》は七歳の子どもだった。そして篤史は、ひこうき雲を追いかけている。青い空にぐんぐんと伸びていくひこうき雲。追いかけながら、篤史は『お父さーん』と振り向いた。

『お父さーん、ひこうき雲、見てー』

見てー、と篤史は父を呼んだ。

呼んでも呼んでも、父はいっこうに見つからなかったし、どこからも、返事は聞こえなかったのだけれど。


いつの間にか、篤史は台所でうたた寝していたらしい。ハッと眼が覚めると、食事を終えた後のテーブルに広げていた、やりかけの復習ノートの上に突っ伏していた。

（あれ……何時だろ）

眼をこすりながら時計を確かめようとした矢先、玄関の引き戸がガラガラと開く音がし、続いて、ガシャーン！と物の倒れる音が聞こえた。それは静かな家中に響き渡り、まだどこか寝ぼけていた篤史も一気に眼を覚ました。

「篤史〜！　あっくん！　お兄ちゃんが帰ったぞぉー！」

玄関から響いてくる声に、篤史は慌てて駆けだしていた。

「忍《しのぶ》、な、なにしてるんだよっ」

駆け込んだ瞬間、篤史は思わずうろたえ、怒鳴っていた。

「あ、篤史くん。どうも、どうも……」

忍は一人ではなかった。忍の中学時代からの友人で、今は忍と同じように都心の企業でサラリーマンをしている因幡《いなば》という男に肩を抱えられ、酔っ払った赤い顔でようやくのように立っていた。篤史は一瞬硬直し、すぐさまサンダルをひっかけてポーチへ下りた。

「因幡さん、すみません。忍が迷惑かけて……」

因幡のことは、忍が昔から仲が良かったので、篤史もよく知っている。篤史は慌てて忍の体を引き取ろうとしたけれど、篤史と忍では体格が違いすぎ、その重みに思わず膝《ひざ》が落ちる。忍からは強いアルコールの香りがぷんと漂ってきた。相当、飲んだらしい。

（でも、なんで？　彼女と会ってたんじゃないのかよ）

今日は家で食事をすると約束してくれたはずが、忍は彼女から電話があったと言って出ていったはずだ。それなのにどうして、因幡と一緒なのか、篤史は不審に思った。それ以上に、ここまで泥酔している忍を見るのが初めてで、戸惑う。

その時、受け取った忍が篤史の体にしがみついて呟《つぶや》いた。

「ゆきちゃん……」

言われた名前に、篤史は思わずムッとした。

「俺はゆきちゃんじゃない……」

無意識に呟くと、因幡が「ごめんねえ」ととりなす。

「こいつそのゆきちゃんと別れたばっかなの。勘弁してやって」

「……そうなんですか?」

因幡の言葉に、篤史は眼を丸めた。正直言えば、忍が彼女とダメになることはこれまでにもよくあった。けれど今の彼女とは珍しく続いていたようだし、頻繁《ひんぱん》に会っていたし、少なくとも今日別れてくるとは思っていなかった。

(じゃあさっき……呼ばれた後、別れ話になったってこと?)

出がけの忍の様子からはそこまで予想できなかったけれど。

因幡に手伝ってもらって居間に忍を寝かせると、篤史は因幡を見送った。

「ほんとすみません。後できつく言っておきますから」

「いいのいいの。今度奢《おご》らせるから」

玄関先で笑う因幡に、篤史は思わず「あの」と訊《き》いていた。

「忍……今の彼女と上手《うま》くいってなかったんですか？　その……あんなに酔うなんて」

「なんか、もう続けてく気力がなくなっちゃって、自分から別れちゃったみたいだよ」

「えっ……そうなんですか？」

「あいつの場合、いっつも付き合い短い分、別れてもわりとケロッとしてるのに、あれだけ酔うんだから相当自己嫌悪してるんでしょ」

(自己嫌悪って……忍って、そんな性格だっけ)

忍は昔からモテて、彼女をとっかえひっかえしていて、お世辞にも誠実とは思えない。悪い人間とは言わないが、もともとあまり思い悩まない性格だからか、これまでは別れた後も一日ばかり落ち込んではいても、こんなふうに飲んだくれて帰ってくることなどなく、すぐに次の相手を作っていた。篤史は自分が久代《ひさよ》へ報われない恋をしているせいもあって、忍のその立ち直りの早さがずっと理解できないでいるくらいだ。

「……ね、篤史くんさ、もしかして、忍と、なんかあった？」

「え？」

考え込んでいると逆に因幡に訊き返され、篤史は眼をしばたたいた。どういう意味だろう。

因幡が「いや、深い意味はないんだけどね」と慌てたようにつけ足す。

「あいつが自分からフるのは珍しいからさ。まあ、優しくしてやってよ。あいつ、篤史くんに優しくされたら元気になるから」

「はあ……」

因幡にそう言われても、篤史にはまさか、という気がした。忍が篤史のことを気にしているはずがない。

（もらわれっ子としか思われてないし……）

因幡を見送った後居間に戻ると、電気を点《つ》けていない部屋の中、廊下から射しこむ蛍光灯の黄色い光に照らされて、忍の赤らんだ顔が見えた。篤史は台所から水を汲《く》んできて、忍の上半身を抱き上げた。

「忍。大丈夫？　ほら、水飲んで。スーツ脱がして、部屋に運ぶから」

耳元で囁《ささや》きかけても忍が反応しないので、篤史はテーブルへ水を置いて忍のネクタイを緩めようとした。と、不意に忍の大きな手が肩にかかり、そのまま体重をかけられた。

「忍……」

重たい、と言おうとした時だった。突然、篤史は仰向けにひっくり返されていた。ものすごい力で肩を押さえられ、身動きできない。体の上に、ずしりと重みがかかる。そして次には、篤史は忍の強い腕に抱きしめられていた――。

（……忍、もしかして俺と彼女を、取り違えてない？）

ついさっき、付き合っていた彼女の名前で呼ばれたばかりだ。背丈こそ高校生男子の平均並みだけれど、篤史は忍に比べればずっと小柄だ。よくは知らないが、昔から忍が付き合う女性はすらっと背の高い相手が多い、と因幡から聞いたことがある。もしかしたらそんな理由もあって、忍は篤史を彼女だと間違えているのかもしれない。

「忍、俺、ゆきちゃんて人じゃないよ。離せよ……」

篤史はもがいたが、がっちりと押さえつけられていて、うまく動けなかった。アルコールの匂《にお》いと一緒に、忍が普段使っている香水の香りがうっすらと漂ってきて、篤史はなぜか慌てた。心臓が、ドキドキと鳴りだす。

「忍……、ちょっと、起きてってば……」

その時だった。

顔を上げた忍に、篤史はこめかみへ、そっと口づけられていた——。

柔らかな唇の感触に、篤史は固まった。違う、俺は彼女じゃない、と言おうとしたけれど、びっくりしすぎて声が出なかった。

(忍、待って。俺、違う……)

うろたえている間に、伸び上がってきた忍の手が篤史の頭を撫《な》でた。ハッと気がついた時にはもう、なにか温かなものが唇に重ねられていた。——それは、忍の唇だった。篤史は忍と、キスをしていた。

(なに、これ……)

思考が追いつかず、呆然《ぼうぜん》とする。どうして自分が、忍とキスをしているのだろう?

けれど驚きは、まだ終わらなかった。緩んだ篤史の歯列の隙間《すきま》から、ぬるり、となにか温かなものが入り込んできたのだ。

「……ん、……ん!?」

それは忍の舌だった。分厚く、巧みな舌がまるで生き物のように篤史の口の中を舐《な》め回してくる。舌の腹を撫でられ、上唇をちろちろと舐められて、篤史は体の芯《しん》にぞくりとしたものが走るのを感じた。

（なに？　なに、これ？　なに……!?）

キスさえまだしたことがない、経験不足の篤史にとって、突然の深いキスは衝撃だった。体から力が脱け、どうしてか肩が震える。その間にも、忍の大きな手のひらが篤史の薄い胸の上を撫でまわし、やがて、揉《も》むようにして胸元を探ると小さな突起をつまんできた。

「あ……っ」

篤史は、声をあげていた。自分でも突然飛び出た鼻にかかった声にびっくりし、混乱した。

「や、やだ、忍……、眼ぇ覚ませよ……っ、俺……っ」

彼女じゃない。彼女じゃなくて、篤史だ。

そう言いたいのに、うなじを舐められ、衣服の上から乳首をコリコリと刺激されて、篤史はうまく言えなかった。感じたことのない甘いものが体の中をかけて、下半身が熱くなってくる。

（な、なんで、ち、乳首なんかで……）

男が、こんなところで感じるなんて考えたこともなかった。それなのに上着の裾《すそ》を絡《から》げられて、忍がそこに吸い付いてきたとたん、篤史は「ああっ」と声をあげて仰《の》け反《ぞ》っていた。突き立った乳首が、じんじん、ともどかしくうずく。

「や、やだ……忍、俺、俺だってば。ね、やめて……、あ、あ……んぅ」

胸を弄《いじ》くられているうちに、下の性器がどんどん張り詰めていく。こんなに簡単に勃《た》ってしまうなんて——信じられなかった。性器がズボンの布を押し上げ、下着を濡《ぬ》らし始めている。先端が下着の布に擦《こす》れるたびに、篤史の体がひくっと動いた。

(忍……な、なんで？　俺だって、気づかないの……!?)

廊下から射しこんでくる灯《あか》りはちょうど逆光になっていて、暗い部屋の中で忍の表情は見えなかった。ただ小さな興奮した息づかいが、聞こえてくるだけ。

とたんに、篤史は恐怖を感じて、震えた。

——こんなのは、いつも自分が知っている忍じゃない……。

けれどその時にはもう、ズボンの中へ、忍の手が入り込んでいた。

「や、やめて、忍！　ち、違うんだってば……っ」

篤史は焦り、涙声になって忍の手首を両手で摑《つか》んだ。膨《ふく》らんだ性器を触られたら、さすがに彼女じゃないと分かるだろう。この状態で知られて、我に返られたらどうしたらいいのか。けれど忍の下から逃れようともがいたその時、無理矢理ズボンの中へ手を突っ込まれていた。

「あ……っ」

篤史は小さく、叫んだ。下着の上から張り詰めた性器を握られ、ぐにぐにと揉みしだかれて、初めて他人に触られる刺激の強さに、腰がふるふると震えた。

「や、や……っ、あ、し、忍……だめ……っ」

篤史の声が聞こえているのかいないのか、忍はなにも言わない。

「あ……！　あっ、あっ、んっ」

ズボンと下着を脱がされ、先端の鈴口を親指の腹でくりくりと撫でまわされると、篤史は快感に抗《あらが》えなくなった。若い性器はしとどに濡れて、尻《しり》の窄《すぼ》まりのほうまでいやらしい蜜《みつ》が垂れていく。信じられない――。

(こんなこと……こんなこと……っ、忍が俺に、するなんて)

これは本当に、忍だろうか？

快感と一緒に、深い恐怖が篤史の体を襲ってくる。暗闇《くらやみ》の中に、いやらしい音だけが響く。

「あ、だめっ、だめ、だめー……っ」

ダメだと思うのに、嫌なのに、腹の奥から熱いものが性器に向かって駆け抜けるのに抗えず、篤史は先端から白いものを迸《ほとばし》らせていた。その精は、上着の裾を絡げられて露《あら》わになった乳首まで飛んだ。半裸の状態で、篤史はみっともなく腰を震わせ、ひくひくと痙攣《けいれん》していた。

――忍の手で、イカされてしまった……。

後頭部を重いもので叩《たた》かれたようなショック。為す術《すべ》もなく簡単に押さえこまれた自分が、みじめだ。それなのに次の瞬間には後孔《こうこう》へ手を這《は》わされて、篤史は「ひっ」と声をあげた。

（な、なに？）

篤史には一瞬、忍がなにをしているのか分からなかった。

「し、忍……な、なにして……」

不意に、後孔に、忍の指が入ってきた――。

「や……な、なに……!? 忍、待って……それっ」

「大丈夫。痛くしないから……」

忍は初めて言葉を発した。けれどまだ酔っているからか、それは篤史の期待していたものとはまるで違う囁きだ。かすれて甘い忍の声。こんな声は、十一年間、聞いたこともない。もしかしたら彼女にはいつも、こんなふうに囁きかけていたのかもしれない。

（でも、違う。忍、俺だよ。待って……）

「し、忍、お、俺……」

彼女じゃない。そう言いかけた篤史の唇に、忍のそれが重なった。慰めるような、優しいキス。いい子だね、と忍が言った。

「好き。大好きだよ。可愛《かわい》い……」

――好き。

んと波打った。
その睦言《むつごと》に、それが自分への言葉じゃないと分かっているのに、なぜか篤史の胸の奥はとく
……俺のこと、好き?
どうしてかそう、訊きたい気がした。
……本当に好き?　俺のこと、忍は、好き?
「……あ、あ……っ」
忍が、篤史の中でくいっと指を折り曲げた。腹側のどこかを擦られた瞬間、切なく甘い波の
ようなものが、篤史の体の芯を震わせた。それは脳から足の爪先《つまさき》にまで響く、感じたことのな
い快感だった。忍はさらに、そこをゆるゆると擦ってくる。なんて巧みな手つきなのか、篤史
は喘《あえ》ぎ声が止まらなくなり、忍の肩へしがみつく。
「や、あ、あっ、なに、それ、なにっ、あっ、あっ、やっ、ひ、あっ」
甘いものに下半身が蕩《とろ》かされる。しがみついていると、男らしく肉の詰まった忍の胸板が、
シャツごしにも分かる。忍は空いた手で篤史の頭をよしよしと撫でてくれた。どうしてなのだ
ろう――子どもでもないのに、そうされるとなぜだかひどく安心する。今自分にこんなひどい
ことをしているのが、紛れもなく忍なのだと確認できる気がして……。
いつの間にか萎《な》えていた前の性器も、はち切れそうなほど膨らみ、先端からまた蜜をこぼし
ている。尖《とが》った乳首に上着の布が擦れて、篤史は背を仰け反らせ、抗えない甘い波に尻を揺ら

した。頭の中が麻痺《まひ》したようで、なんだかわけが分からなくなっていた。

だから次の瞬間篤史の中を弄っていた指が抜かれ、数秒後に指の何倍も質量のある、熱く硬いものが押しつけられたのを感じた時――それが、忍のものだとすぐには分からなかった。

(待って)

その時不意に、篤史は正気に返った。

(待って。忍。待って。やめて。俺だから。俺……俺、忍の、家族だよ……っ)

「や、あ、あーっ」

篤史は、叫んだ。足を開かれ、ぐいっと腰を押しつけられて、忍のものが根元まで入り込むのが分かった。嘘だ、と思った。そのとたん、篤史の眼からはどっと涙が溢《あふ》れた。

(嘘……)

「あ……っ、や、忍……っ」

忍が性器の先端で、さっきまで篤史をよがらせていた一点を擦るようにして、動いてくる。最初はただ痛いだけだったその行為が、次第に甘い快感をともなってきて、篤史はまた、あられもなく喘ぎ始めていた。

「あ、だめっ、あ、あっ、あっ、あっ」

気持ちは良かった。激しく揺さぶられながら、あまりによくて自分から腰を振るのを止められなかった。けれどそれとは裏腹に、篤史は泣いていた。胸が痛い。苦しくて悲しい。なぜ自分は、家族のはずの忍と、こんなことをしているのだろう。

暗闇の中荒い息だけが部屋にこもり、忍の汗が篤史の頰《ほお》に落ちてくる。その表情は相変わらず見えず、忍がなにを思って篤史を抱いているのか、分からないままだ。

「あ、あ、忍、俺、イっちゃ……」

体の芯から脳のてっぺんまで、きゅーっとしぼられたような感覚が走った。篤史の前が弾《はじ》け、後孔が締まる。それに引きずられたように、腹の中に忍の精が放たれた。

強《こわ》ばっていた体が弛緩《しかん》し、篤史はその場にぐったりと倒れ込んでいた。

涙が止まらない。けれど同時に意識が遠のき、篤史は泣きながら、気を失っていた。


――篤史は泣いていた。

十歳の頃のことだ。夜の病院の、薄暗い廊下だった。泣きじゃくる篤史の手を握ってくれているのは、高校生の忍だった。

仕事から帰ってきた久代が、篤史と一緒に洗濯物をたたんでいる途中で、ぱったりと倒れてしまった。血の気のひいた青い顔に、篤史が思い出したのは三年前突然この世を去った父のことだった。

学校から戻ってきた忍が救急車を呼んでくれ、久代は病院に連れていかれた。そしてたった今、この廊下を担架で運ばれていったところだった。

『おじちゃん、どしたら、働かなくてよくなるの?』

泣きながら、篤史は忍へ訊いていた。

久代は篤史を引き取るまでは、働かないで絵だけ描いていたのだという。古いアパートの家賃から得られる不労収入と、時々絵が売れたお金で、なんとか、親子二人で暮らしていたと、隣に住む高野《たかの》さんが近所の人と話していたのを、篤史はたまたま立ち聞きしたことがあった。

けれど忍は、篤史の手を握る指に、きゅ、と力をこめてきた。

『久代はお前がいるから苦労してんだから……』

と、忍が言った。

『お前がいなきゃ、苦労してなかったんだから……』


ぱちりと眼をあけると、篤史の目尻《めじり》に溜《た》まっていた涙が、こめかみを伝ってこぼれ落ちた。

そこは篤史の部屋で、水色のカーテンから、うっすらと早朝の光が射しこんでいた。

(俺……どうしたんだっけ。昨日の夜……)

頭の奥が鈍く痛み、体の芯が火照《ほて》ったように熱い。全身を覆う倦怠《けんたい》感。どうしてか体も心もとても重たかった。

「あ、痛……」

上半身を起こした瞬間、腰の奥に走る鈍痛と、尻の狭間《はざま》に感じた違和感に、篤史は突然すべてを思い出した。

（……俺、昨日、忍と）

そうだ、酒を飲んで酔っ払った忍と、セックスしてしまった。――忍は篤史を、彼女と勘違いしていた。篤史は抵抗できなくて……。

（嘘だ）

あれは夢だと思いたかった。刺すような絶望感が湧《わ》いてきて、篤史は震えた。

けれど一度思い出すと、あとはもう怒濤《どとう》のように記憶が蘇《よみがえ》ってきた。十一年間、家族のように暮らしてきた忍とキスをし、体をつなげて――自分は二度も、イってしまった。

篤史は混乱して、布団をぎゅっと握った。最初に思ったのは、久代のことだった。自分は一番最悪な形で久代を裏切った――彼の大切な、血のつながった息子と、セックスをしてしまった。久代が知ったら、どれほど傷つくだろう？

（それに、忍とも、どんな顔して会えば……）

本当に現実なのだろうか？

その時、篤史の部屋のドアが小さく開いた。

「篤史？　……起きたのか？」

かけられた声に、篤史はびくりと肩を揺らした。遠慮がちな様子で、水やタオルを持った忍が部屋に入ってきた。

一瞬、二人の間に沈黙が張り詰める。なにをどう切り出せばいいのか分からず、篤史は息を詰めたまま忍を見つめていた。と、忍が篤史の枕元《まくらもと》に腰を下ろした。

「体、痛くないか?」

忍は昨夜のことを覚えているのだと、篤史は知った。とたん、頬がカッと熱くなり、篤史はうつむいた。とてもまともに、忍の顔を見られるような心境じゃなかった。

「本当に、すまなかった。ごめん。許してくれなんて言えた義理じゃないが……ごめん」

沈黙の後、床にがばっと下りた忍に土下座される。その声は必死で、心の底から謝ってくれているのだと分かった。かといってなにをどう言えばいいのだろう——?

「……忍、いつから、気がついてたの?」

ただそれだけは確かめておきたくて、篤史は訊いた。

「いつから……セ……ッしてるのが、俺だって、気づいたの?」

最初から?　もしそうならどうして、途中でやめてくれなかったのか。それとも、終わってから気づいたのか。それならそれで、どうしていいか分からないほど傷つくと思った。

「……最初は、寝ぼけてたから……」

忍が、しどろもどろに言う。篤史はごくん、と息を呑《の》んだ。

「ハッキリ意識が戻ったのは、お前に、入れてから……」

その時にはもう、止まれなくて、と忍は続けた。篤史も男なのだから、男の性は分かる。分かるけれど、聞いたとたん体が冷たくなるほどのショックに襲われた。

「最低……」

思わず、そんな言葉が口から出る。

それじゃあ「好きだよ」という囁きも、別れたばかりの彼女に向けたもので自分にではなかった。入れた後で止められないから抱いただけなんて、初めから、誰でもよかったと言われたようなものだ。

(ひどい……)

「どう文句言われても、弁解のしようがない。……本当に、ごめん」

「もう、そんなの、謝られたって……」

篤史は忍から顔を背けた。これ以上顔を見ていたくない。拒絶する声さえ、震えてしまう。

忍に抱かれて傷ついて、混乱している自分を見られるのがたまらなく悔しかった。

「……どうすんの、こんなことして……俺もう、久代さんに顔向けできない……」

言ううちに、いつしか涙がこみあげてくる。

(忍は、俺のこと、なんだと思ってんだよ……?)

「こんなこと、こんなことになって、久代さんが知ったら……っ、裏切りだよ……っ」

篤史は嗚咽《おえつ》をもらした。こぼれ落ちた涙が、手の甲にぱたぱたと散る。

「……篤史」

忍が篤史のベッドへ腰掛け直し、背中をさすってくれる。篤史は体を折り曲げて、しばらくの間泣いていた。もう、頭の中はぐちゃぐちゃだった。こんなことになるなんて考えたこともなかった。久代への申し訳なさと、忍への不信感。抱え込んだものが大きすぎて、自分でもどうしていいか分からない。

「……ごめん。本当にごめん。傷つけて……」

耳元で繰り返してくる忍の言葉に、許してやりたいとは思うのに、どう許せばいいのかが分からない。ただただ、苦しかった。

気がつくと忍に肩を抱き寄せられ、篤史は忍の胸に頬を押しつけるようにしていた。押し当てた耳の向こうから、忍の心臓の音が聞こえた。ほんの少し速い鼓動に、篤史は忍も混乱しているのだろうか、と思った。すると少しは、楽になれる気がする。

「……悪いのは俺だ。お前は悪くない。だから、お前は久代を裏切ったわけじゃない。お前は俺にレイプされたんだ。……そうだろ？」

（なに、言ってんの？）

けれど言い聞かせてくる忍の言葉に、篤史は信じられない気持ちで、顔を上げた。涙さえ引っ込んだ。見下ろしてくる忍の顔に浮かんでいるのは、ただ篤史に同情するような苦しげな表情。心の底から篤史を抱いたことを後悔している顔。けれどレイプだなんて、普通、言えるのだろうか？

「……もういい。出てって」

考えるより先に、篤史は忍の胸を押しのけていた。忍がなにか言いたげにしていることは分かったけれど、もうこれ以上忍の顔を見ていたくなかった。

「いいから、出てけよ！」

一秒でも早く離れたくて、怒鳴る。忍が篤史の肩を離す。すると、急に全身が寒く、心細くなった。

「後でまた、来るから」

そう言われても、篤史はもう忍のほうを見られなかった。やがて忍が部屋を出て行くと、再び涙が、ぽろりと頰を落ちた。

（レイプなんて……普通、言えるのかよ？　俺のこと、家族だと思ってたら）

忍は篤史を家にいる他人くらいにしか考えていない。今さらのように、それを思い知らされたような気がした。

（俺はこれから、どうしたらいいんだろ……）

けれど散々泣いた後で、篤史はもう疲れ切っていて、これ以上なにも考えられなかった。頭痛がするので熱を計ると、案の定微熱があった。なにもしたくなくて、篤史はベッドの中へ再びぐったりと倒れ込んだ。

――大丈夫かあ？　篤史。おい、声聞こえてんのかよ。

どこか遠くで声がする――と思ったら、それは野波《のなみ》の声だった。篤史はハッと眼を開けた。

とたん見えたのは、体育館の高い天井と、自分を覗《のぞ》き込む野波やクラスメイトの顔だった。心配そうな顔もあれば、面白がっているような顔もある。

「あ、ごめん。し、試合は？」

篤史は慌てて身を起こした。今は体育の時間で、ちょうどバスケットの対抗試合をしているところだった。なにがどうなったのか、篤史はコートの脇《わき》に運ばれて伸びていた。周りを見渡してからやっと、野波から飛んできたパスに気づかず、ボールを脳天に直撃させて倒れ込んだのだと思い出す。

「おーい、一ノ瀬《いちのせ》が大丈夫ならお前らコートに戻れ。試合再開するぞー」

体育教師が言い、クラスメイトたちがコートへ戻っていく。教師は篤史の横へ駆け寄ってきて、「お前はもう少し休んでろ」と言った。

「なあお前、なんか、熱あるんじゃね？　試合中にぼーっとしてさあ」

ふと野波に言われ、篤史はドキリとした。篤史の体はだるく、腰は重かった。体の芯が、ずきずきと痛んでいるようにも感じる。

「保健室行くか?」

横から声をかけてきたのはいつの間にか隣に来ていた白井《しらい》で、篤史は慌てて笑顔を作り、「平気だって」と返事をした。

「それより早く戻れよ。俺もちょっとしたら戻るから、それまでに点数稼いどけよ、野波」

同じチームの野波に発破をかけると、野波は「言われなくても稼いでやるよ」とコートへ戻る。けれど白井のほうはまだ、眼鏡《めがね》の奥から、じっと篤史を見つめてくる。

「……お前、なんかあったのか? パスもとれないなんて、変だぞ」

改めて訊かれて、篤史はわざとふざけた。

「なにが? なにもないよ。ほら、白井も今のうちに点とっとかないと、俺が戻ったら巻き返せないぞ」

そう言って強めに背中を押すと、白井は眼を細め、軽く肩を竦《すく》めた。

「そう言うならいいけど。……ま、あんまり無理するなよ」

それはどういう意味なのだろう、と篤史は思ったけれど、白井はもうコートへ戻っていくところだった。だから篤史は都合よく、白井が気にしているのはボールが当たって痛んでいる頭のことだけだろう、と解釈した。けれど一人になると、自然と、ため息が出た。

朝から、篤史はずっとぼんやりしている。それは仕方がない。

（……兄貴みたいな相手とセックスして、普通にしてられるやつなんかいないだろ）

本当は学校も休みたかったが、小学校の頃からずっと皆勤賞を取り続けているのに、今日だけ休むと久代によけいな心配をかけそうで休めなかった。忍や久代と顔を合わせるのも怖くて、弁当も作らずに早々に家を出て、台所に「用があるので早めに出ます」と置き手紙してきた。不審がられるかもしれないが、他にどうしていいか分からなかった。

そして学校に来てからもずっと、上の空が続いている。

篤史は体育で、点数を稼ぐポイントゲッターにはなれないが、主力選手のアシストが上手いので意外に重宝されたりする。いつもなら野波の、鋭いパスを上手に次のシュートへつなげられるのだが……今日はぼんやりして、頭にボールをぶつけてしまった。

（なにやってんだろ……）

深々とため息をついた時、コートのほうから白井がこちらを見ているのに気がついた。篤史はハッとして笑顔になり、「野波、走れよー！」と声をあげた。

夕方、学校を終えてからも篤史はわざとゆっくりと帰った。夕飯の献立も浮かばず、商店街をうろついていたが、いつまでもそうしてはいられない。帰りが遅いと、きっと久代に心配をかけてしまうし……。久代のことを思うと、篤史は後ろめたくて胸が塞《ふさ》いだ。

どんな顔をすればいいのかも分からないままようやく帰宅すると、台所からは油を使う音が聞こえ、にんにくのいい匂いが香ってきた。台所にはなぜか忍が立っており、どうやら久代もいるようだった。

「あれ、あっくんお帰り。遅かったね」

台所へ入った篤史に、ちょうど自分でコーヒーを淹《い》れていた久代が顔を上げた。久代の、いつもどおりの屈託のないのんびりした笑顔に、篤史はついうつむいてしまう。

(ごめんなさい……ごめんなさい、久代さん。俺、忍と……)

なにも言われていないうちから、そう謝ってすがりつき、久代の胸で泣きたいような気持ちだった。同時に、どうしても知られたくない後ろめたさでいっぱいになる。

「……あっくん？　具合悪いの？」

顔を覗き込まれ、篤史は震えた。と、その時、忍が久代に声をかける。

「久代は仕事あるんだろ。メシできたら呼びに行くから。邪魔だから出てけよ」

犬を追い払うように忍がしっし、と手を払うと、久代はまだ心配そうにしながら、「忍、あっくんのことみてあげてね」と言ってアトリエのほうに行ってしまった。

そっと顔を上げると、いつもは篤史が着ているエプロンを窮屈そうに身につけた忍が、すぐ眼の前に立っていた。

「……久代はなんも気づいてないから。安心しろ。な、とりあえず座って」

大きな手に肩を抱かれ、篤史は一瞬緊張した。けれど忍の手は、ただ篤史を椅子《いす》へ促してくれただけだ。座ると、少しして眼の前にミルクのたっぷり入ったコーヒーを置かれる。

一瞬、台所の中には張り詰めた沈黙が流れた。

「なあ、唐揚げ作ってんだけど、篤史がよく作ってるネギダレってどうやって作るの？」

「え……？」

その時あまりにあっけらかんと訊かれて、篤史は眼をしばたたいた。見ると、忍は天ぷら鍋《なべ》に油を張って、鶏もも肉をあげているところだった。

「なんでまた唐揚げ作ってるの？　昨日の、残ってるだろ？」

「篤史が作ってくれたやつなら、俺がもう食べちゃったよ」

さらりと言われて、篤史は驚く。忍は昨夜の夜食と、朝食と、弁当のおかずですっかりたいらげたのだと話してくる。

「美味《うま》かったよ。で、昨日ちゃんと一緒に食えなかったから俺も唐揚げ作ってやろうかなと思ってさ……」

からりと明るい忍の笑みに、なぜだかほんの少しだけ、苦いものがまざった。

「今日は三人で食おうと思って。お前が時々作るネギダレの作り方って？」

「……ネギ、みじん切りにして。醬油《しょうゆ》とごま油と……」

たどたどしく説明すると、忍がそれに応じて材料をテーブルの上に並べていく。ふと篤史は、忍も自分と同じで戸惑っているのかもしれない、と思った。だから昨夜のやり直しに夕飯を作ってくれているのかもしれない。

(だからって……許せるかって言ったら、違うけど)

それでも怒鳴り散らすわけにも、泣くわけにもいかず、篤史は途中から忍にかわって香味ダレだけ作ってやる。作り終えると忍は嬉《うれ》しそうな顔になったが、篤史は一緒になって笑うことはできなかった。

「……忍って、あんなことあった後でも、普通にしてられるんだな」

ぽつりと言うと、キャベツの千切りを皿に盛っていた忍が、ふと手を止めた。これ以上言っても仕方ないと思うのに、自分と違って明るい忍を見ているとなんだか気持ちがもやもやした。

「——久代だろ。お前が好きな相手」

その時不意に、忍に言われた。

一瞬、篤史には忍の言葉の意味が分からなかった。けれど分かった瞬間、頭のてっぺんから血の気がひいていくような気がして顔を上げた。

台所の換気扇が小さく音をたてて回っている。篤史はじっと、忍に見つめられていた。

「……知ってたの?」

問い返す声がかすれた。けれど忍は困ったように微笑《ほほえ》んだだけで、篤史から眼を逸《そ》らすこともなく小さく頷《うなず》いてきた。

「まあ、これだけ近くで見てりゃさ……。もうずっと前から気づいてたんだけど、昨日お前、アトリエで久代に抱きついてたろ」

篤史は息を呑んだ。昨日、アトリエでうたた寝していた久代に毛布をかけてあげながら、そっと寄り添った時――それを見ていた忍に、やっぱり気持ちを知られていたのか。

「知ってたけど、まあ、ああいうの間近で見るとちょっとショックで……色々、気力が失せて。メシ、一緒に食わなくてごめんな」

篤史は言葉に詰まった。

忍の言うことは正しい、と思った。誰だって自分の父親に恋をしている男なんて、気味が悪いと思うのは当たり前だ。

「……気持ち悪い？　俺のこと」

震える声で言うと、思わないよ、と、どこか苦笑を含んだ、優しい声が返ってくる。

「思わない。篤史のこと、気持ち悪いなんて思わないよ。いっつも、えらいなって思ってたよ。自分のこと全部後回しにして、久代のことだけ考えてるお前が……えらいなって。健気《けなげ》だなって……可愛いなって。でも、ちょっとかわいそうだって……」

今言ったことは、どういう意味なのだろう。篤史はつい、忍へ視線を戻す。

「そんな子を、寝ぼけて無理矢理抱いちゃう俺は最低だって……思ったよ」

まるで独り言のようにそう付け加えると、忍はそっと手を伸ばして篤史の耳たぶに触れてきた。長い指に、優しく髪を梳《す》かれる。篤史はじっと忍を見つめ返した。

（どうして忍の触り方は……いつもこんなに、優しいんだろう）

そう訊きたい気持ちが、胸にこみあげてくる。まるで、大事な宝物に触れるみたいに。見つめてくる忍の瞳の中に、篤史は淋《さび》しげな、けれど焦がすような熱を感じる。一緒に暮らして十一年――篤史は、何度もらわれっ子と言われても、心の奥底で本当は忍に嫌われていないと思いたがっている自分を、ずっと感じていた。それは、忍のこの視線や触れてくる手の優しさのせいだ。

篤史を想うように見つめてくれる瞳、慰めるように触れてくれる手のせいだ。

（……知ってる。どうせ忍はたくさん女の子と付き合ってんだから、俺だけにじゃなくて、癖みたいなものだろうって。誰にでもこうなんだろうって……）

篤史を抱いていた間言っていた、「好きだよ」という言葉も、どうせ誰にでも言っているのだろう。昨日まで付き合っていた彼女にも、これまで付き合ってきた子たちにも、星の数ほど――。十七歳で最初の彼女ができてからずっと、忍はほとんどいつも、家にいなかったのだから。

そっと眼を伏せ、篤史は忍の手をやんわりと払った。すると忍が、屈《かが》みこむ。

「……な、久代のこと、そんなに好きならそれでいいじゃないか。俺とのことは、お前は悪くないんだから、気にするな」

「バカじゃないの。……実の父親に、男が好きだって言ってんのに」

「男って言っても、篤史だろ。お前ならいいよ。ていうか、久代に篤史は勿体《もったい》ないくらいだけどさ……」

本当になにを言っているのか。篤史はわけが分からなくなり、黙った。

（俺のこと抱いたのは忍のくせに、なんでそんなこと言えるんだよ）

ならばどう言ってほしいのか。それもよく分からないまま、ただただ、篤史は苛立《いらだ》った。

「……分かった。じゃあ、こうしよう。俺が篤史の恋を応援してやる。久代が好きなんだろ？　全面的に協力するから」

突然身を乗り出して言われ、篤史は耳を疑った。つい顔を上げて忍を見返す。

「じ、自分の言ってること分かってんの？　俺がどんな気持ちで今まで……っ」

言い募るうちに、篤史はだんだん泣けてきた。これまでずっと隠して、密《ひそ》やかに守ってきた恋心だったのに、忍に抱かれてなにもかも台無しだ。もう久代を好きでいるわけにいかない。なのに忍は、篤史と久代をくっつけよう、などと簡単に言う。

「忍はどうせ、ちゃらんぽらんで、すぐ付き合ってすぐ別れて……本気の恋なんか、したことないんだよっ、だから俺の気持ちが分からないんだ。忍みたいにいい加減な男、大っ嫌いだよ！　久代さんの息子のくせに、全然、久代さんと違う！」

咄嗟《とっさ》に、言い過ぎたかもしれない、とは思ったけれど、止まれなかった。

「……ほんとにな。篤史の言うとおり。俺はちゃらんぽらんだ」

忍は軽く肩を竦め、微笑んでいるだけだ。篤史の言葉に傷ついたのか、いないのかさえ分からない。いつもそうだ、と篤史は思う。

(忍は、いっつも、本心が分からない……)

笑顔や軽口の下で、本当はなにを思っているのか。篤史にはいつでも知ることができない。そしてそんな忍に、自分ばかり傷ついている——そんな気がする。けれど忍の口調が、ふと、静かなものになる。

「ほんとにさ、お前って四六時中、久代のことばっかりなのな。……久代のこと、久代のためしか、考えてない。自分も周りも後回し」

どうしてか、そう言う忍の表情がうっすらと暗い。それは怒りでもなく苛立ちでもない、まるで諦《あきら》めたような表情に見える。

「それが本当の愛情なら……俺の愛情なんてずいぶん身勝手だよ」

自嘲《じちよう》するように笑い、忍が話を切り替えた。

「お前の健気さに打たれて……。償いたいんだ、昨日の夜のこと……」

その気持ちは嘘じゃないのだろう。忍の声は真摯《しんし》だった。けれど素直には頷けない。協力すると言われても、篤史は久代とどうこうなりたいわけじゃない。ただ一緒に暮らせていればいいだけだ。それに忍がどういうつもりでも、昨夜二人で久代を裏切るようなことをしてしまったのは変わらない。

（レイプなんて忍は言うけど……）

それで開き直れるほど、篤史は図太くない。できることなら昨夜のことをなかったことにしてしまいたいけれど、それもできない。

「……忍の気持ちは分かったけど、でも、そんなのどうしようもないよ。第一、久代さんには他に好きな人がいるんだから……」

そうだ——昨日、久代はその人のためにスーツを新調したらしいのだから。思い出すと落ち込み、篤史はまたうつむいた。

「久代に好きな人？　そんなことあるわけないだろ」

「本当なんだよ。……来週会うんだって。久代さん、スーツ買ってた」

「スーツ？　久代がスーツ？」

篤史が頷くと、忍もさすがになにかがおかしいと思ったようだ。眉《まゆ》を寄せて一瞬なにか考えこんでいた。

「……まあ、どんなのが相手でも関係ないだろ。俺が嫌だって言えば再婚できないよ。とりあえず俺に任せて、今日はメシ食って、元気だそう。な」

（なに勝手なこと言ってるんだよ）

やっぱり忍にとって、自分なんてどうでもいい存在なのだろう。

（俺を抱いておいて……忍はそのこと、結局、どう思ったの……）

そう思うが、もうこれ以上訊くこともできず、言い争っても無駄な気がして篤史は反論するのをやめた。やがて夕飯の支度ができると、忍がアトリエにこもっていた久代をせきたててくれ、久しぶりに三人一緒に食事ができた。

自分の罪悪感はどうあれ、久代に心配をかけてはいけないと思い直したから、篤史は今度は、なるべく普通に久代と接することができた。

けれど、やっと三人そろって食事ができても、なんだか最後まで楽しい気持ちになれず、上の空でその日を終えたのだった。

四

「一ノ瀬《いちのせ》。お前これ、どういうつもりだ？」

翌週の月曜日。学校へ出た篤史《あつし》は、放課後、担任に呼び出されて生徒指導室にいた。

担任の教師が苦い顔で出してきたのは、篤史が先日提出した進路希望票で、第一希望から第三希望まですべて「就職」と書いてある。

「お前の成績だったら、都内の大学、それなりのところ狙《ねら》えるんだぞ。お前は内申もいいんだから、指定校推薦枠だって通る。もしかして親御さんに気を遣ってるんじゃないか？」

篤史が天涯孤独の身の上で、渡会《わたらい》家に引き取られていることを知っている担任の顔には、ありありと篤史への同情が浮かんでいる。けれどまるで決めつけるように言われて、篤史は内心、抵抗を感じていた。

「あの、そういうわけじゃないんです」

「とにかく、もう一度考えなさい。親御さんを交えて話し合ってみてもいいんだぞ」

一応反論したけれど、担任は納得しないようだった。

久代《ひさよ》を交えて、という言葉に篤史は咄嗟に、それだけは嫌だと思った。久代や忍《しのぶ》には絶対に、進路のことを気取られたくなかった。篤史は自分で就職と決めているのだから。

(仕方ない。適当にどっかの大学名書いて、話だけ合わせようかな。でも就職する時、先生の推薦状とか要るみたいだし……公務員試験受けようかな……)

学校カバンの横のポケットへ、差し戻された進路希望票を差しこみ、篤史はため息をついた。ホームルームもとっくに終わった三年生の教室には、もう誰も残っていない。黄昏《たそがれ》時の陽光が、窓辺からきらきらと射しこんで、並んだ机の天板を金色に染めている。

——そんなにおかしなことだろうか、と篤史は思った。

(俺が大学行かないの、なんか……無理してるみたいに、見えるのかな)

ついさっきの担任の口調からは、そんな感情が見え隠れしていた。複雑な家庭事情のせいで、篤史が悩んで進学を諦めているのじゃないかと、案ずる気持ち。それはありがたいけれど、篤史自身、そう思われるのが嫌だから久代に進路のことを話していない。ただ、篤史の本心はそれとは少し違っている。

篤史には思い出すことがある。まだ渡会の家にもらわれてきたばかりの頃、ある日久代が篤史と忍を呼び、『お父さんは働こうと思います』と言った。その時、篤史は不安が募った。そして案の定、仕事から帰ってきた久代の疲労は見ているだけでも大変なものだった。まだ小さかった篤史は、家のことをなんでもできたわけではない。忍は家のために身を粉にする性格じゃなかったから、家にいる間は家のことを優先しても、部活や勉強、友達との遊びなどにも我慢せず時間を使っていた。だから、篤史が中学生になるまでは、久代もずいぶん家事をしてくれていた。篤史はそれを、毎日毎日手伝った。

それでも久代はいつも疲れていて、一緒に家事をこなしている間、こっくりこっくりと居眠りを始めることも多かった。

——久代さん、疲れてる。

小さな頃から篤史はそれを知っていたし、それが、自分のせいだとも知っていた。昔から篤史が成績優秀で、通知表の生活態度のところに「生活態度・優良」とばかり書かれていたのは、ほんの少しでも久代の負担を減らすためだった。

久代さんに、苦労をかけたくない。

その一心で、篤史は自分でできる努力は自分でしてきた。だから、これまでの勉強はいい大学に行くためでも自分のためでもなくて、ただただ久代のためでしかなかった。

(俺が働いたら、久代さんは仕事をやめて絵に打ち込める……)

でもそれが、周りから見ると無理をしているように映るのだろうか。

ふと、えらいと思うよ、と言った数日前の忍の言葉が耳の奥へ返ってきた。

——自分のこと全部後回しにして、久代のことだけ考えてる篤史が……えらいなって。健気だなって……可愛いなって。でも、ちょっとかわいそうだって……。

（かわいそうって……どういう意味だったんだろ）

いい意味なのか悪い意味なのか、篤史にはそれさえも分からない。けれど、忍はいつだったか言ったのだ。忘れもしない、八年前、過労で倒れた久代が病院に運ばれた時、久代に仕事をやめてほしいと泣いた篤史へ、忍が言った。

『お前がいなきゃ、久代は苦労してなかったんだから……だから、お前がそれを言ったらダメだろ』

（俺のせい……）

開いた窓から春の風が吹き込んできて、篤史の頬を撫でていった。

あの時そう言われた篤史は、忍は本当は、篤史の存在を歓迎していないんじゃないか、と思った。それはこの十一年間ずっと、篤史の胸から離れない不安だった。

「篤史！　ちょうどよかった、今電話しようとしてたとこなんだよ」

学校を出たところで声をかけられて、篤史はぎょっとなった。正門の前に立っていたのが、どう見ても仕事中らしいスーツ姿の忍だったからだ。

「し、忍？　なにしてんの……仕事は？」

「今日は外回りが早めに終わったんだよ。まあ、話はあとあと。それより乗って」

見ると、忍は正門前にタクシーを待たせていた。ほとんど無理矢理車に乗せられて、篤史は困惑した。

「運転手さん、さっきの住所んとこ、行ってくれます?」

忍が勝手にタクシーを動かしてしまい、篤史は胡乱《うろん》な眼を忍へ向けた。

「なに? なんのつもりだよ、忍。俺、夕飯の支度あるんだよ」

「まあまあ。行ったら分かるから」

篤史が噛《か》みつくように言っても、忍はヘラヘラしている。篤史はなんなんだと思ったが、タクシーの中で言い争うわけにもいかない。

やがてタクシーは、老舗《しにせ》のデパートや高級ブランド品店が建ち並ぶ、都心の一等地に停《と》まった。東京《とうきょう》に住んでいても、篤史にはまるで縁のない場所だ。なにやら歩いている人の雰囲気も普段自分が生活している場所の人たちとは違って見える。

「ほら、すぐそこ。こっちこっち」

車を降りると、忍はそう言ってまだ戸惑っている篤史の肩を押してきた。

「ちょ……なんなんだよ、一体」

ハイソサエティな雰囲気に尻込みし、小さな声でもごもご文句を言ううち、篤史は忍に引っ張られて、すぐ近くのカフェに入らされた。広々とした店内は、茶と白で統一された上品な空間になっており、小綺麗《こぎれい》な格好をした人々がゆったりとしたソファに座ってお茶を飲んでいる。

「なに？　ここ」

「まあ、いいから。あ、あそこの窓際の席、座っていいですか？」

忍に引っ張られ、篤史は窓辺の席へ座った。それぞれの注文も終え、忍にブレンドコーヒー、篤史にカフェオレが運ばれてくる。

「篤史、テラス席のほう、見てみろ」

篤史と忍が座っている窓際の席は、ちょうどテラス席に面している。忍に言われてそちらへ顔を向けた篤史は、ハッと息を呑んだ。二人がけの席に、新調したばかりのスーツを着た久代が座っていたのだ——。

(そういえば、今日って久代さんが『好きな人』に会う日だ……)

苦心して結んだらしく、久代のネクタイはやや緩いものの一応は形になっている。それに髪の毛も梳《と》かされているようだったし、服のどこにも絵の具がついていない。その精一杯めかしこんだ久代が、向かいに座った人物へ向けて照れたような笑みを浮かべていた。

篤史は一瞬、言葉が出なかった。久代の向かいに座っていた相手が、男だったからだ。

「ど、どういうこと……？」

「さあな。俺も予想外すぎてびっくりした」

忍が肩を竦める。篤史はついつい、その人物を凝視してしまった。

モデルのようにすらりと背が高く、やや長めの黒髪に、理知的で整った顔立ちの男だ。歳《とし》は三十代前半だろうか。上等そうなスーツを厭味《いやみ》なく着こなし、シャツはカジュアルなボタンダウンに、ノーネクタイ。何気ない格好なのに品が良く、この街の風景に溶け込んでいる。

「この俺が言うのもなんだけど、男前だな。俺もあの歳になったら負けないけど」

と、たわごとを言っている忍へ、篤史はきつい眼を向けた。

「なんで忍が、久代さんがここにいるって分かったんだよ？　久代さんになにしたの？」

「なにしたって。ひどいな。今日会うってお前から聞いてたから、久代に探り入れたんだよ。久代は人を疑わないから、べつに難しくないだろ？」

なるほど。口の上手い忍のことだ、適当な口実でもって久代が今日どこであの男と会うつもりなのか、聞き出したのだろう。久代の性格なら簡単に言いそうなのも頷ける。

もう一度篤史が視線を戻すと、久代はとても嬉しそうな顔をしていた。相手が男だというのは予想外だったけれど、もともと久代に恋をしている自分がそれを言うのもおかしな話だ。あの男が、久代の好きな人なのだろう。

けれどどちらにしろ、久代が心から恋している相手を盗み見しているなんて……。後ろめたくなって、篤史はもう二人を見られなくなった。

「もういいよ、忍。帰ろう。こんなの、久代さんに悪いよ」

「どうして。お前、久代の相手を気にしてたろ？」

どこか焦《じ》れたように言われて、篤史は眉を寄せた。

忍の頭の中が、理解できない。これがつい先週、篤史を抱いた償いというのだろうか？

「それともお前、諦められるのか？　久代への気持ちが、そのくらい軽いものなら……」

「軽くなんてない」

思わず言うと、忍はなぜかムッと眉を寄せた。

「なら、いい子ぶってる場合じゃないだろうが」

（なに、その言い草）

自分で振ってきたくせに、なんだか棘《とげ》のある忍の言葉に、篤史は不愉快になった。

その時、久代と男が立ち上がり、二人談笑しながら店を出て行った。

「篤史、行くぞ」

不意に忍に手を引っ張られ、篤史は驚いた。

「ちょっと……行くってどこに」

「後つけるんだよ」

急《せ》きたてられて連れ出されると、ちょうど店から少し離れた路上で男がタクシーを停め、久代がそれに乗り込んだところだ。二人は親密な様子で笑顔を交わしあい、別れた。久代のタクシーを見送ってから、男は自分もタクシーを停める。そして篤史が止める前に、忍までさっさとタクシーを呼んでしまった。近くに首都高が走り、交通の要地でもあるこの都心部にはタクシーもやたらと多いらしい。

「運転手さん、前の車追ってくれる?」

「忍、ちょっと、やめようよ。俺、もう帰る。こんなことまでしたくない」

「お前、軽い気持ちじゃないって言ったところだろうが」

忍は聞く耳がないらしい。ここで言い争うのも嫌で、篤史も黙る。けれど胸の奥はもやもやとしていた。

(なんなんだよ。俺は久代さんと付き合いたいなんて思ってない。ただ、そばにいられたらいいだけだ。今までみたいに……なんでそれが、分かんないの?)

十一年間、三人で暮らしてきたのに、忍はそれを、壊したいのだろうか。自分と父親を、本気でくっつけようとしているのだろうか?

いつの間にか日が落ちて、戸外はすっかり暗くなっていた。男の車を追って着いた先は都心の繁華街で、飲み屋ばかりが集まっている界隈《かいわい》だ。タクシーを降りると、男は地下のバーへと入っていった。

「ゲイバーだな、ここ。あいつ、やっぱりそっちの趣味か」

表に出ている看板を見て、忍がそんなことを言っている。このあたりなら、篤史も昼間来たことがある。といっても二、三ブロック離れたショッピング街だけだが、駅の方角はなんとなく分かる。自分一人で帰ることもできそうだけれど、逆に忍を一人にしたらなにをしでかすか分からないし、これ以上妙なことをさせないようついていくしかなく、篤史は諦めて、先にバーへ下りていった忍を追いかけた。

（でもゲイバーって……なに？　女装した人がいっぱいいるとか？）

ゲイバーと聞いても、篤史にはテレビで見たことのある偏った知識しかない。階段を下りている間にだんだん怖くなってきたけれど、バーの扉を開いたとたん、篤史は店の様子が思い描いていたよりもずっと普通なことにホッとした。薄暗い照明の下に浮かび上がる内装はお洒落《しゃれ》で、落ち着いている。バーカウンターには数人の男が座っており、あとはボックス席が三つほどあって、時間が早いせいか、そちらはすべて空いていた。

「初めてなんだけど、いい？」

忍は物慣れた様子で、バーのマスターらしき男へ言った。マスター自身もごく普通の中年男性だ。

「お好きな席へどうぞ。……あの、ですがそちらは？　うちは、高校生はお断りさせていただいているんですよ」

「この子、俺の弟なんです。お酒飲ませないから、今日だけ許してやって」

忍は人好きのする笑顔を浮かべて、マスターへおねだりをしている。こういう時、忍のように根っからの明るさが容姿にまでにじみ出ている男は得だと思う。大抵のお願いが通ってしまうからだ。マスターも仕方ないな、という笑顔を浮かべて、許してくれた。篤史はそれに、ぺこりと頭を下げる。

見ると、カウンターにはさっき久代と一緒にいた男が、他に三人の男と座っていて、新顔の忍と篤史を興味深そうに見ていた。彼らと眼があい、篤史は頬を赤らめて頭を下げ、急いでボックス席へ座った。すると小さな声で、

「かーわいい。なにあれ」

「若いねー。お兄さんもイケてる」

と、囁き交わす声が聞こえてくる。

「可愛いだって。よかったな、お前」

もう既に緊張を通り越して思考停止に陥っている篤史と違い、忍はこの状況を楽しんでいるのか、軽口を叩いてくる。

（……なんでそんな、気楽にしてられるの？）

篤史は思わず、忍を睨《にら》みつけてしまった。忍は篤史にはソフトドリンクを頼み、自分はなにやら変わったビールを頼んでいた。

そうこうしているうちに、数名、新しい客が入ってきた。彼らは常連なのだろう、同じく常連らしい、久代と会っていた男に声をかけていた。そしてその男は、新しく入ってきた数人の客たちと、慣れた様子で挨拶《あいさつ》のようにキスを交わしている。そのたびに流れる親密な空気に圧倒され、篤史は言葉を失っていた。

「久代のやつ、多分、遊ばれてるな」

横目で男を観察していた忍が、囁くように言ってくる。

「あれは相当遊び慣れてる。手玉にとられてのぼせあがってるんだろ。久代にあいつの正体話してやったほうがいいんじゃないか」

「な、なに言ってんの。そんなことするなよ。久代さんが、傷つくだろ」

もしも自分が久代の立場なら、好きな相手に遊ばれてるなんて言われたら、きっと傷つく。けれど篤史がそう反対したとたん、忍は眉を寄せた。ため息まじりに、「また、大好きな久代さんのために我慢、か」と呟かれて、篤史はムッとした。

「我慢とかじゃなくて……俺はそうしたいからしてるだけだ」

「そういうことにしといてもいいけどな」

呆《あき》れたような、突き放すような言葉に篤史はさらにむかついた。誰しも、忍のように好き勝手して生きていられないのだと、言い返そうとした時だった。

「ちょっといい?」

忍の隣へ、他の客が腰を下ろしてきた。それは――久代と会っていた、あの男だった。

「どうも。このお店初めて?　さっき入ってきた時から気になってたから」

男はそう言うと、篤史のほうをじっと見つめてきた。とたん、篤史は緊張で頬が熱くなった。ずっとつけていたことがバレたのだろうか、と思ったのだ。

「奇遇ですね。俺も、あなたのこと見てました」

けれど忍は調子がよく、まるで男の視界と篤史の間を塞ぐように体を傾け、相手のグラスに自分のグラスを合わせて鳴らしている。

「そっちの子、弟さん？　可愛いね」

「そうですか？　社会見学なんです。ウブですからあんまり見つめないでくださいね。野生の猫みたいに嚙みつきますから」

忍の小馬鹿にしたような物言いに、篤史はムッとした。男のほうは肩を竦めている。

「ああそう。同性愛者ってどんなものか見せに来たんだ？」

「意地悪いなあ。俺、そんなひどい男に見えます？」

忍が眼を細めて笑い、男のほうも微笑んだ。大人同士の会話だ。含むような言葉の応酬についていけず、篤史はなんだか居心地が悪くなる。やがて男の手が、舐めるように忍の太股へ乗った。

「きみみたいなのも、一応、タイプだよ」

「俺も一応、嫌いじゃないですよ」

本気か嘘か、忍はそう答えて、男の手の上に自分の手を重ねた。二人の指が、テーブルの下でいやらしくからみあっている――。とたん、篤史はこくりと息を吞んでいた。

「俺、帰る」

「おい、篤史？」

自分でも思いがけず、篤史は立ち上がっていた。忍が眼を瞠《みは》り、店内の客が自分のほうを向くのを感じたけれど、篤史はほとんど無我夢中で店を出て、階段を駆け上っていた。

「篤史。おい、篤史。待てって！　カバンも忘れてるぞ！」

走って追いかけてきたらしい忍に腕を摑まれ、篤史はようやく立ち止まった。顔が熱くて、あげられない。ただ、篤史はあれ以上、あの男に忍が触られているのを見ていることができなかった。

(でもなんで、そんなことでこんなに、動揺してるんだろ、俺)

その時思い出したのは、先週の夜、忍とした口づけ、そしてねっとりと甘く、激しいセックスの快楽だった。——忍はあの男のことも、あんなふうに抱けるのだろうか？

心臓が激しく鳴りだし、わけの分からない嫌悪感でいっぱいになって篤史は戸惑った。

「帰るって言って飛び出しといて……荷物も忘れてるんじゃ帰りようがないだろ」

呆れたような忍の言いぐさに、篤史はカチンときて振り向いた。本当はさっきから、ずっと腹が立っている。

「……俺たちが久代さんの関係者だってバレたら、どうするつもりだったの？　久代さんに、め、迷惑かけるだろ」

篤史の言葉に、忍が「また久代さんか」とため息をつく。

「べつに問題ないだろ？　ただの偶然だって言えばいい。それにあんな遊び人じゃ久代とはやってけないさ。俺が口説いたって問題ない」

「く、口説くって……」

体から、すうっと力が脱けていく。頭がくらくらする。最初は分からなかったが、少しして自分はショックを受けているのだと篤史は気がついた。

「口説くってどういうこと……？」

「だから、俺が口説いてあいつがなびけば、自然と久代とは消滅するだろ」

「なに言ってんの？　女の人だけじゃなくて、お、男とも簡単に付き合えんの？」

「平気じゃないか。ほら、お前を抱けたんだから、男もいけるんだろ、俺」

最後の方は冗談のように言って、忍は篤史の肩をぽん、と叩いてきた。

——俺を抱けたから、男も平気？

(なに。なんなのそれ……)

さらりと言ってのける忍に、一瞬頭の中がまっ白になり、篤史は呆然《ぼうぜん》と立ち尽くした。

忍に好かれていないということが、この十一年どれほど篤史を悩ませてきたか知りもしない忍。いつも彼女のところにばかり行ってしまって、篤史を顧みてくれない忍。

(それでも一日だって、忍のご飯、作らない日、なかったんだよ……)

それは勝手かもしれないけれど、篤史は忍を家族だと思いたかったからだ。

ただ、ひどいと思った。泣きたかった。

「……最低。なんなの。前から思ってたけど、忍って……忍って……」

言うな、これを訊いちゃいけないと思ったけれど、篤史はもうたまらなかった。

「忍って、俺が嫌いなんだろ……っ？」

——言ってしまった。言いたくなかった、問いたくなかったことなのに。

嫌いだと言われたら、どうしていいか分からないくらい、傷つく。だから言わないようにしていたのに。

篤史は忍の顔が見られず、拳《こぶし》を握った。一瞬の沈黙の後、忍が「嫌いじゃないよ」と言ってくる。けれどその声はどこかだだっ子をあやすようなもので、それが忍の本音かどうか、篤史には分からなかった。

「べつに今だって、嫌いだからこんなことしたんじゃない。ただお前のために……」

「じゃあなにもしないでよ！」

気がつくと、篤史は怒鳴っていた。腹が立った。篤史は本音で言ったのに、忍はまるで軽口のようにしか答えてくれない。そうじゃない、もっとちゃんと返してほしかった。

「俺は今のままでいいんだから。なにも変わらなくていい。俺と久代さんのことなんだから、忍は関係ないだろ？　よけいなことしないで！」

篤史は乱暴に、忍の手を払った。あまりに強く払ったから、その勢いで忍の頬を打ってしまい、ぴしゃり、と音がたった。それは夜の繁華街の喧噪《けんそう》に、すぐさま飲み込まれて消えたけれど、篤史の眼には理由の分からない涙がこみあげてきた。不意を突かれた忍の手から、篤史のカバンが落ちる。

一瞬黙り込んでいた忍は、けれど突然、眉をつりあげてきた。

「今のままでいい？　今のままで？　本当にそうなのか？　本音なのか？　久代さんが好きなのはいい、役に立ちたいって思ってんのもいい。でもお前は久代になにひとつワガママも言えない。我慢して押し殺してなにも言えないくせに、今のままいいわけあるか！」

怒鳴られて、篤史は息を呑んだ。忍は一歩、篤史ににじり寄ってくる。その顔には激しい怒りが浮かんでいた。それは――篤史が、これまで一度も見たことのない忍だった。

もらわれっ子と言い、意地悪をしてくる時も、これほど激した忍は見たことがない。恐怖にかられ、篤史は一歩後ずさった。

「……我慢なんか、してない」

「嘘つけ。一緒にメシ食おうの一言も言えないくせに。心配なら頭殴って引っ張ってきて、食えばいい。なのにできないから俺に頼む。違うのか？」

痛いところを突かれて、篤史はぐっと言葉に詰まった。それはそうだった。けれど――それができないのは、篤史に負い目があるからだ。自分のせいで、久代は働いている。その久代が描きたい絵を描いているのに、どうして、邪魔できるのだろう？

（なんで分かんないの？）

体が、わなわなと震える。

（なんで……なんで分かってくれないの？　十一年も一緒にいるのに）

「……忍には、分かんないよ。俺がどんな気持ちで毎日毎日、暮らしてるか。忍は久代さんの子どもだろ。血がつながってるんだろ。なんにもしなくても、一緒にいられるんだから……！」

気がつくと、篤史はそう怒鳴っていた。一度言うと、なにかの箍《たが》が外れたように止まらなくなる。

「忍なんか自分勝手なくせに、なのに久代さんの子どもだから、家にいられる……。忍なんか初めから家にいなきゃ、俺は悩まないですんだのに……っ」

思うままに吐き出して、そしてハッとして口をつぐんだ時は、もう遅かった。

自分は今、なにを言っただろう？　ひどい言葉を言ったのは分かった。半分本心で、半分嘘で、いや、やっぱり本心だ。けれど出た言葉は取り消せない――。

忍の表情は変わらない。厳しい顔をして、篤史を見つめているだけだ。もしかしたら篤史の言葉に、傷ついてさえいないのかもしれない――。

「帰る」

これ以上この場にいられなくて、篤史はカバンを持ち上げ、駅に向かって走り出していた。振り返れば、きっと忍が追いかけてきてくれているだろう。それは分かっていたけれど、篤史はわざと、どうしても、振り向かないようにしていた。


「あれえ、あっくん。どこ行ってたの？」

繁華街から家に帰りつくと、久代が台所に立っていた。もうスーツも脱ぎ、普段着になってなにをしているかと思えば、久代は夕飯の支度をしてくれているところだった。篤史は慌てて、久代に謝った。

「ごめん、遅くなって。俺がやるから」

まな板の上にはふぞろいに切られたジャガイモや人参が文字どおり、散乱している。どうやらカレーを作るつもりだったらしく、テーブルの上にはルーが置かれていた。多分篤史が帰ってこないので、かわって作ってくれているのだろう。

「大丈夫だよー、あとはもう炒《いた》めて煮るだけだから。僕もカレーくらい作れるんだし」

「着替えてくるから、待ってて」

篤史は急いで二階にあがり、普段着に着替えると階下へ駆け下りた。久代は鍋にカレーの具材を入れ、鼻歌まじりにかき回している。

「……機嫌いいね。久代さん」

ふと、久代の機嫌がいいのはあの男——篤史が忍と二人で後をつけた、あの男に会った後だからだろうかと思い、そう思うとさっきまでの忍とのやりとりまで蘇ってきて篤史は落ち込んだ。

「……もう、後は俺がやるよ。久代さん、仕事あるでしょ」

既にこげつきそうな鍋を案じたのもあるし、楽しそうな久代の無邪気さに罪悪感を感じたのもあって、篤史はそっと久代から木べらをとった。

「いいのに。あっくんも勉強とかあるでしょ？」

「俺は平気。後でちゃんとやるから……カレー、できたら一緒に食べられる？」

訊くと、久代が肩を竦める。

「展覧会までもう日数がないから、後で自分で食べるよ。あっくんは気にしないで」

「……そ、そっか」

また、一緒に食べられない。

（また、一人か……）

篤史は、自分がショックを受けているのを感じた。けれどだからといって、篤史はやっぱり久代になにも言えない。

——お前は久代になにも言えないくせに、今のままいいわけあるか！

さっき聞いた忍の声が耳の奥に返ると、胃の奥がぎゅっと痛んだ。

「ほらな。また言えない」

突然かかった声にハッとして顔を上げると、もう久代はおらず、かわりにいつの間にか帰っていたらしい忍が立っていた。きっと、篤史のすぐ後の電車に乗ってきたのだろう。つい今しがたの、久代とのやりとりを見られていたのだと感じて篤史は忍を無視した。

忍がわざとらしくため息をつき、台所に入ってくる気配がある。

「なんで言えないんだ？　一言言やいいだろうが。絵なんか置いといて、俺と一緒に食べてじゃないと淋しいよって」

すぐ横に立ってくる忍を、睨みつける。

「作るの邪魔するなら、出てけよ」

「ここは俺の家でもあるんだから、いる権利はあるだろ」

ふてぶてしいほどの無表情で言われ、篤史はぷいっと顔を背けた。なんなんだよ、と思った。けれど忍は大きな計量カップに水をとり、篤史が炒めている鍋に入れると、勝手にコンロの火を弱火にしてしまった。

「ちょっと、なに勝手に……」

「これで二十分は時間があるな。篤史、お前こっちきて座れ」

有無を言わさないきつい口調で言われ、篤史は口をつぐんだ。それはいつもの、適当で軽い忍の態度とは違って、ひどく重く圧迫感がある。抗えなくなり、篤史は言われたとおり、忍と向き合って台所のテーブルに座った。座ったとたん、忍が「これなんだ？」と言って一枚の紙切れを出してきた。それに、篤史はハッとなった。

「就職って、お前……どういうことだ。大学行くんじゃないのか?」

忍がテーブルの上に置いたのは、篤史が今日担任から返された進路希望票だった。カバンのポケットに入れておいたものが、たぶん、ゲイバーの帰りに忍と揉めた弾《はず》みで、道路に落ちてしまったのだろう。篤史は慌ててその紙を取り返そうとしたけれど、忍がさっと引っ込めてしまった。睨みつけると、もっと怒った表情で睨み返され、篤史は怯《ひる》んでしまう。

「……べつに、忍には関係ないだろ。大学行きたくないだけ」

「嘘つけ。どうせ、久代に迷惑かけたくないんだろ。お前の考えなんかすぐに分かる」

叱責《しっせき》され、篤史は一瞬黙った。忍が小さくため息をつく。

「……お前な、もう明日からメシ作るな」

突然そう言われ、篤史は思いがけず眼を瞠った。忍はどこか迷惑そうな顔で、「前から要らないと思ってたんだ」と、つけ足した。

「メシなんかより勉強しろ。普段やってる予習復習じゃなくて、受験勉強だ」

(前から要らないと思ってたって……いつから?)

その言葉に、篤史は自分でもびっくりするほど、ショックを受けていた。

「……べつに、じゃあ、久代さんのだけ作る。食べたくないなら、忍は食べなきゃいいだろ。どうせ今までだって、彼女とばっかり出かけてたんだし……」

「そういう話をしてるんじゃない。お前の将来のこと、久代はあのとおりのアンポンタンだから気づいてないが……」

「久代さんのこと悪く言うのやめてよ」

条件反射のように返すと、忍が眉を寄せた。

「その久代さん大好きのせいで、お前が一番親不孝なんだよ、篤史」

親不孝。胃に刺さるような痛い言葉だった。見つめ返すと、忍が舌を打った。

「お前の親切は身勝手なんだ。毎日メシ作ることとか、家の金のことで頭悩ませることが、久代のためになるわけじゃないだろ。なんで分からないんだ？　お前はこの家にも久代にも俺にも、なんにも責任ないだろうが」

それはどういう意味だろう？

とりようによっては、親切な言葉なのだろうか？　けれど篤史は、なんだか突き放されたような気がした。まるで、篤史だけこの家とは関係ないと言われたようで――。

頭の奥に、玄関の表札がちらついた。篤史だけ、まだ一ノ瀬のままの姓。十一年も一緒に暮らしてきたのに、篤史は久代をお父さんと呼べるわけでもないし、忍をお兄ちゃんと呼ぶわけでもない。やっぱり篤史は一ノ瀬篤史だし、二人は渡会なのだ。

「それって忍は俺がしてること、うっとうしかった……ってこと？」

「……そうだな。でもお前は、俺のことはどうでもいいんだろ。ただ、いつまでも家族がこのまま一緒に暮らしていけるわけじゃない。俺もいつかは家を出るだろうし……」

一瞬、篤史は息を止めた。忍が、家を出る？　考えたこともなかった。

「……どういうこと？　忍、家、出るつもりなのかよ？」

「将来的にはあるって話だよ。いい歳していつまでも実家にいられないし、いつか結婚するようなことがあったら……」

（なにそれ）

結婚。そんな言葉が忍の口から出たことに、篤史は啞然《あぜん》とした。

なにそれ、と、また思った。誰とも長く続いたことがない忍だから、一度も考えなかったけれど、そんな可能性はもちろんあるだろうし、忍は――この忍は、いつかそうしたいと思っているのか。そのことに、篤史は衝撃を受けていた。

「……結婚なんて、ついさっき……あの男の人のこと口説くとか言っておいて……」

言う声が、知らず震えた。けれど忍は篤史の憎まれ口に、ただ顔をしかめている。

「誰も、男相手に一生付き合うつもりはないよ。今までの子たちだって、俺が我慢すればいくらだって続けられたわけだし。結婚も、必要があればするさ」

（なにそれ……？）

今度こそ、篤史は愕然《がくぜん》とした。忍の言葉の意味が、まったく分からない。

「……一生付き合うつもりもなくて、口説くとか言えるの？　今までの人たちも？　なにそれ。

なんなの？　忍って……他人はみんなその程度なの？」

篤史が責めると、忍は黙った。忍の整った顔には、篤史には底知れない、なにを考えているのかよく分からない無表情が浮かんでいるだけ。

(俺もその程度？)

篤史には、そう思えた。酔っ払って、間違って一度だけ抱いてしまった、十一年間一緒に暮らしていた他人としか、忍は思っていないのだろうか。それなら忍は家を出たら、篤史のことなんてすぐに忘れてしまうに違いない。

「……忍って、冷たい……」

声が震え、篤史はうつむいていた。

「この際だから言っておくけど」

ふと、唾棄《だき》するように、忍がつけ足す。

「俺はお前を嫌いじゃない。嫌いじゃないけど、弟だとも思ってない。なんに怯《おび》えてるのか知らないが、久代に遠慮して我慢してるお前見てると……腹が立つよ」

——これは忍の本音だ。

それだけは分かった。軽口や意地悪に紛らせて本音をなかなか見せない忍の、これは、本音だ。

(弟だとも、思っていない……)

忍はハッキリ、そう言った。

十一年間篤史がずっと気にかけていたことの答えが——今になってやっと、分かった。やっぱり忍は篤史がこの家に来ることを歓迎していなかった。やっぱり忍は篤史が好きじゃなかった。やっぱり忍は……。

「分かった。……でも、兄貴じゃないんだから、これ以上俺の決めたことに口出しするな。これは俺と久代さんの問題なんだから忍は関係ない。家に金入れてるから言う権利あるっていうなら、俺だってバイト探して入れるし、嫌ならお金入れないで、家を出てったら。ご飯も、食べたくなきゃ食べなきゃいいし。俺も、もう忍のことといないものと思うから」

感情が麻痺したのか、傷ついているのに、言葉だけはすらすらと出た。

頭の奥にぴんと糸が張り詰めていて、もしもこれが切れたらとたんにこの場に崩れて、泣いてしまいそうな……そんな気がしていた。

「俺だって忍のこと、家族なんて思ってない。この話終わり。そのプリントは返して」

忍はなにも言ってこない。ただじっと、どこか睨むように篤史を見つめてくるだけだ。

やがて進路希望票をテーブルの上に置いて、忍が立ち上がった。椅子のひかれた音にさえ、どうしてか篤史はびくりと震えた。

「着替えてくる。……メシは食うよ」

それだけ言い、忍が台所を出て行った。

すぐ後ろで、カレーの鍋がくつくつと音をたてている。あくをとって、ルーを足さなければ。

そういえば久代は炊飯器をセットしているだろうか？

（カレーだけじゃ……つけあわせのサラダ……材料なにがあったっけ）

けれど篤史は気がつくと、テーブルの上に突っ伏していた。

――弟だとも、思っていない。

（邪魔なら邪魔って、言えばいいじゃん。……抱いた時は、好きだって言ってたくせに）

あれは篤史相手ではなく、他の人相手だと思っていたからだろうけれど。

不意にじわっと、涙がこみあげて視界がにじむ。

（俺以外には好きって言えても、俺には言えないんだ。忍は……）

この十一年はなんだったのだろう。

十一年、忍とも一緒に暮らしてきた日々は、なんだったのだろう。

心のどこかで、本当は忍は自分を好きでいてくれる。そう思ってきたのは、なんだったのだろう。

篤史には分からない。忍の心はいつだって、篤史には分からない。

五

「あっくん。お釜《かま》にご飯ないけど〜。これから炊《た》くの？」

「え……っ」

味噌《みそ》汁をついでいた篤《あつ》史《し》は、久代《ひさよ》に言われてギクリとした。今日、いくつめの失敗だろう。ご飯を炊いたと思い込んで、米をしかけるのさえ忘れていたらしい。炊飯器の中は空っぽだった。既におかずもできあがっているのに。

「ご、ごめんね、久代さん。コンビニ行って、ご飯だけ買ってくる」

「あ、いいよいいよ。今日はおかずだけ食べよ。足りなかったらパン食べるし……」

でも、と篤史は口ごもった。長い間かかりきりになっていた展覧会用の絵が完成した久代と、本当に久しぶりに一緒に食事ができるというのにこんな不完全な食卓なんて。そうは思ったが、久代がもう席についてしまったので、篤史は謝りながら自分も席についた。

今日のおかずも、鶏の唐揚げ。柔らかなもも肉をからっと油で揚げて、皮はパリッとしているが中はほこほことして旨《うま》みがある。

「あっくん、今週、唐揚げ三回目だね。もも肉安かったの？」

「え……っ」

訊《き》かれて、篤史は眼を丸めた。そんなに何度も唐揚げを作っていた自覚がなかった。そうだったろうか、と思い出そうとしても、昨日なにを食べたかさえよく覚えていなかった。

「お、俺、そんなに作ってた……？」

おそるおそる訊くと、久代は不思議そうに頷《うなず》いた。

「忍《しのぶ》も帰ってきたらいいのにねえ。こんなに美味《おい》しいのに」

ね、と同意を求められて、篤史は小さく微笑《ほほえ》み返したけれど、それ以上なにも言えなかった。忍の名前を聞いたとたん気持ちが重たくなり、味噌汁を啜《すす》ってから、知らず、ため息がこぼれていた。

――一週間前から、忍の帰宅時間は真夜中が続いていた。夕飯時には、絶対に帰ってこず、食事は外で済ませているようだ。外出するからと、弁当も持っていっていない。

（べつに、いいけど。ご飯要らないって言ったのは、忍だし）

篤史は内心、ひとりごちた。一応毎日仕事で遅くなると連絡はもらっていたが、それだって怪しい、と篤史は思っていた。一度電話をもらった時、電話口の忍の向こうから、

『渡会《わたらい》さあん、早くぅ。乾杯しちゃうよぉ』

という女性の甲高い、どこか媚《こ》びたような声が聞こえた。

（彼女と別れたから、合コン行きまくってるんだろ。それか、久代さんと会ってたあの男の人を口説きに行ってるか……）

そう思うたび、篤史は気持ちが落ち込んだ。

一週間前に言い争いをしたまま、篤史は忍には話しかけないようにしていた。忍のほうは怒っている様子もないが、それでいてやっぱり、どこか素っ気ない。篤史が夕飯を冷蔵庫に残しておくと今までは帰宅してから食べてくれていた忍が、もう食べなくなっている。朝出かける前に顔を合わすと、忙しく朝食を作っている篤史へ小声でちくりと、

「そんなに家事しなくていいって言ったのにな」

と、呟《つぶや》いてきたりする。篤史はだんだん意固地になってきて、わざと豪勢なメニューにしたりしたが、それも暖簾《のれん》に腕押し。食べたくなければ食べなければいいと言ったのは自分だから、篤史は文句もつけられない。そして忍は、やっぱり帰ってこない。そのせいか、篤史はここ数日上の空で、下手な失敗ばかり繰り返していた。

「あっくんの作る唐揚げ、忍、大好物なのにねえ。食べたいだろうねえ」

ふと久代が言ってきて、篤史は眼をしばたたいた。

「……唐揚げは久代さんの好物でしょ？」

「ん？　僕も好きだけど。もともと忍の好物だったじゃない。ほら、あっくん、それ知って……十三歳の時、忍の、十八の誕生日にいっぱい作ってくれたでしょ。忍がすごく喜んだの、

覚えてない？」

「……そう、だったっけ」

篤史は記憶の底をさらってみたけれど、すぐには思い出せなかった。ただ思い出したのは、いつだったか唐揚げを久代の好物だ、と言った時、忍がどこか自嘲《じちょう》するような声で、「久代さんの好物かあ」と、言っていたことだった。

「そういえばあっくん。僕ね、今年の秋に個展やろうって思ってるんだけど」

「え、こ、個展？　すごいね。数年ぶりじゃない？」

物思いに沈んでいた時思い出したように久代が言ってきて、篤史は慌てて話を合わせた。

「うん。あっくんのお父さんが生きてた頃は一緒によくやってたんだけどねえ。それのために、何点か新しいの描けたらいいなって思ってて」

楽しそうな久代を見ると篤史も嬉《うれ》しくなり、微笑んだ。

「ふうん。どんなの描くの？」

「まだ決めてないけど……あ、そうだ、恋愛とかテーマにしてみようかな」

急に久代が顔を輝かせたので、篤史はドキリとした。

「恋愛？　め、珍しいね」

「うん。たまにはね……」

にこにこと話す久代を見ていると、篤史は胸が痛んだ。もしかして久代は、先日篤史が忍と盗み見た、あの男のことを思い浮かべているのだろうか。

「久代さん、好きな人って……いないの？　再婚とか……しないの？」

思い切って訊きながら、緊張で息が詰まった。けれど久代には呑気《のんき》な様子で、「好きな人かあ。いたらいいよねえ」と、首を傾《かし》げられただけだ。

「でも、今はあっくんと忍が、一番大事だよ」

思わず、篤史は食べる手を止めていた。優しい、嘘のない、愛情深い久代の声が、久代の言葉を真実だと教えてくれている。

「あっくんも忍も、僕みたいなのに育てられたのに、本当にいい子に育ってくれたもの」

「そんなこと……」

――そんなことない。

久代の信頼が、篤史には申し訳なかった。その信頼を裏切って、久代の後をつけたり、互いにセックスまでしてしまったのは、他ならない自分と忍だ。それを久代が知ったらどれほど傷つくだろうと思うと、篤史は食事が喉《のど》を通らない気持ちになる。

（忍は、久代さんの好きなあの男の人のこと、口説いてるかもしれない）

あの男は忍を口説いていたし、忍も嫌いじゃないと言っていた。

（それに俺を抱けたから、男も大丈夫だって……）

ひどい言葉だ。けれどもし、久代の好きな人を忍が奪ったりしたら、その責任は自分にもあると、篤史は思ってしまう。そもそも自分のせいで、あの二人は会ってしまったのだから。そしてそうなったら、それは久代にとって、血のつながらない自分に裏切られるよりずっとずっと、辛《つら》いのじゃないか。

考えれば考えるほど篤史は後ろめたく、胸苦しくなって、うつむいた。

「あっ、母ちゃん、また俺の弁当に昆布巻き入れてやがる……」

学校での昼休み、いつものように教室で野波《のなみ》と白井《しらい》と三人昼食を広げていたら、手持ちの弁当を開けた野波が渋い顔になってうめいた。野波の弁当箱にはだし巻き卵やアジフライなどと一緒に、くったりと炊かれた昆布巻きが三本並んでいた。

「なんで？　昆布巻き美味しいじゃん」

言うと、野波に苦い顔で「俺はそんなに好きじゃねえの」と返された。

「好きじゃないのにさー、母ちゃん、俺の好物だって勘違いしてんだよ。弟の好物なのに、取り違えてんの。何回も言ってんのに、忘れるみてえ」

「ああ、そういう思い込みってあるよな。うちの母親も、姉と俺の好物間違えるよ」

野波と白井の言葉に、篤史はドキリとなった。先日、久代から「唐揚げは忍の好物」と言われたことを思い出したのだ。

（……そうだったっけ……）

弁当に入った鮭《さけ》の切り身を口に運んで、篤史はふと、記憶を返す。

――あっくん十三歳の時、忍の十八の誕生日に唐揚げ作ってくれたでしょ。

（そうだ。そんなこと、あったや……）

篤史が十三歳の頃。忍にはもう彼女がいた。当時から、忍はあまり家にいなかったけれど、篤史は忍に帰ってきてほしくて――言った気がする。

『忍の好きなものなんでも作るから、誕生日祝い、みんなでしようよ』

忍は驚いた顔をしていた。けれどすぐに嬉しそうに笑って、約束してくれたはずだ。

『じゃあ、唐揚げ。作れるか？　油使うんだぞ』

『作れるよ』

『そしたら俺も手伝うから、一緒に作ろうか……』

耳の奥に返ってくる、十八歳の忍の声。優しい声だった。そう言って篤史の頭を撫《な》でてくれた手も、優しかった。誕生日当日は久代がケーキを買ってきて、篤史は忍に教わって唐揚げを作り、久しぶりに三人でお祝いした……。

（俺、プレゼントにカード書いた……。でも、次の日忍は彼女と出かけちゃって……）

誕生日の穴埋めだろう、翌日は彼女と出かけて行き、家に帰るのが遅かった忍。

（……淋《さび》しかったっけ）

とても自然に、篤史はその感情を思い出した。胸が震えるような気がした。あの頃感じていたのと同じ、淋しいという気持ちが胸の中にそっくり戻ってくる。お願いして、約束しなきゃ忍は帰ってきてくれないのかと思った。忍には久代や……自分より、彼女が大事なのかと、あの頃からいつも——篤史は思っていた。

（……忍に家にいてほしくて、よく唐揚げ作ってたっけな……）

『忍、明日唐揚げだよ。だからちゃんと帰ってきてね』

そう言ったら、忍は帰ってきてくれたからだ。いつの間にか唐揚げは、そうお願いする口実になっていた。

（そうだった。でもなんで俺は、そのこと忘れてたんだろ……）

いつの間にかそれを、久代の好物にすりかえていた自分に、なんだか違和感を感じた。どうしてだろう？

「一ノ瀬《いちのせ》。お前、三時限めのプリントどうした？」

ふとその時、廊下を通りかかった国語教師がひょいと頭を覗《のぞ》かせて、篤史へ声をかけてきた。

篤史はハッとなった。三時限目の社会科教師が風邪で休んだので、自習のプリントを持ってきた国語教師に、終わったら集めて持ってくるよう頼まれていたのだ。篤史はいつものように二つ返事でそれを引き受けて——すっかり、忘れていた。

「あ、すいません。後で持って行きます」

「おう。頼んだぞ」

国語教師がそう言って去って行く。すると野波が「珍しいなあ」とどこか感心するような口調で言った。白井が首を傾げる。

「一ノ瀬、最近こういうミス多いな。普段は全然ないのに」

「お前～、さては好きな女できたろ」

野波にからかわれて、篤史は「違うっつうの」と顔をしかめた。けれどふと、脳裏を忍のことがかすめていく。

「……あのさ、二人はさ……好きでもない相手とセックスしたことって、ある？」

どうしてか自分でも分からないが、篤史はなぜだかそう訊いていた。すると、野波がぎょっとしたように眼を丸める。

「えっ、なに？　なになに？　お前、好きでもない子とやっちゃったの!?」

「ち、違う違う。俺の話じゃなくて……っ、その、えーと、兄貴がさ」

なんとか言い訳を考えようとすると、野波は勝手に納得したらしく、「ああー、あのイケメン兄さん」と身を引いてくれた。

「あのイケメン兄さんが、好きでもない子とエッチしてて、それをお前が知っちゃってビックリ、っていう話？」

「そ、そう。そういう話」

全力で肯定する。けれど白井も野波も不審には思わなかったようで、あれくらいイケメンならありえる、と頷いている。

「ていうかさ、できるもんなのかなと思って……好きでもない相手と」

「できるんじゃねえの？　男なんだし。勃《た》ってりゃ、好きでなくても」

「むしろ、好きじゃないほうができそうじゃないか？」

食べ終えた白井が箸《はし》を置きながら断定したので、篤史はこくりと息を呑《の》んでしまう。

「一回こっきりだろ？　俺なら、大事な相手ほど手、出せないな。どうでもいい相手だったら遊びでやれるかもしれないけど」

「お、白井くん。大胆発言」

野波がニヤニヤしているけれど、篤史は一緒になって乗れなかった。そっか、と思う。

（遊び……か。その程度か。そうだよな、やっぱり大事なら、抱けないよなー……）

自分に置き換えてみれば、よく分かる。篤史も本当に好きな子だったら、そんなひどいことはできないと思う。胸の奥が鈍く痛み、篤史は、そんな自分が滑稽《こっけい》だった。

（忍が俺を好きじゃないことくらい、分かってるのに。まだ俺、傷つけるんだなあ……）

その日の学校帰り、最寄駅前の商店街を通っていた篤史は、ふっとため息をついていた。忍からはまだ連絡がないが、どうせ今日も遅いのだろうと考えていた。

「あれ、篤史くん?」

その時後ろから声をかけられて、振り向くと、忍の友人である因幡《いなば》が立っており、篤史は反射的に頭を下げた。

「あ、この間はすいませんでした。忍が迷惑かけて……」

「ああ、いいのいいの。こないだ奢《おご》ってもらったしね」

因幡がそう言い、明るく笑った。

「因幡さんは今日、こっちにお仕事ですか?」

「いや、実家が法事で、会社休んだんだよ。明日は仕事だから、今から戻るとこ」

見ると、因幡は黒い礼服を着ていた。因幡の実家は、渡会の家から目と鼻の先の距離だ。

「……最近は忍、ご迷惑おかけしてないですか?　また、飲んだくれたりとか……」

遠慮がちに訊くと、「仕事忙しいみたいだね」と、因幡が言う。

「この間は無理矢理合コン誘っちゃったんだけどさ。珍しく、お持ち帰りもしないで帰ったよ」

そう続けられて、篤史はハッと顔を上げた。この間の合コン、というのは、電話口の向こうから聞こえてきた、あの会だろうか。

(じゃあ、あの合コンでは、彼女はできてない……のかな?)

そう思うと、どうしてか胸の強《こわ》ばりが緩み、ホッとする。なぜ自分がこんなふうに安心しているのか、篤史にはよく分からなかった。

「で、でもどうせ、またすぐ新しい相手、できてるんじゃないですか?」

思わず探るようなことを言うと、どうだろうねえ、と因幡がため息まじりに肩を竦《すく》め、急に、じっと篤史を見つめてきた。

「……また変なこと訊くけど、篤史くん、忍となんかあった?」

篤史は戸惑って、因幡を見つめ返した。

「いや、なんにもないとは思うんだけどさ。あいつ最近、おかしいから。前は別れたらとりあえず相手作って、って感じだったけど、なんかそういう雰囲気でもなくてね」

因幡は苦笑気味に、首を傾げた。

「あいつ、誰と付き合ってもすぐ別れちゃうだろ。でもべつに、忍が冷たいわけじゃないんだよ。むしろ傍《はた》から見てたら優しすぎるくらい」

「……はあ」

そんなこと、べつに聞きたくないと篤史は思った。自分を放っている間、忍が付き合っていた子たちにどんなふうに優しかったかなんて――知りたくもないし、想像もしたくない。考えると、胸の奥がガサガサとしてきて嫌な気持ちになる。

「でもそれって、言ってみたら他人行儀なんだよね。あいつね、たぶん無理してるんだよ。無理して女の子と付き合ってんの。見てても、全然楽しくなさそう。それが相手にも伝わっちゃうんだろうね」

「そう……なんですか？」

「忍っていい加減に見えるけど、本当は真面目なんだよ。いいところもあるんだよ？　篤史くんには、分かってあげてほしいなあと思って」

因幡がどうしてこんなことを言うのか、よく分からない。自分が分かったところで、忍にはなんの影響もないだろうにと、篤史はいじけた気持ちになる。

「……でも最近、前にも増してうちに帰ってこないですよ。彼女、できたのかも」

そんなことないよ、と言われたら——と、一瞬篤史は考えていた。もし、そんなことないよと言われたら、電話でもして、帰ってきてと言ってみようか、と。けれど因幡は「それはないだろうけど」となにか思い出したような顔になった。

「忙しい合間ぬって、ちょこちょこ出かけてはいるね。どこかに飲みに行ってるみたい」

「……え？」

思わず訊き返すと、因幡がとある街の名前を言った。

「その辺りにあるバーに通ってるんだって。時々行ってるけど、連れてってくれないんだよね。篤史くん、知ってる？」

「……さ、さあ」

――知っているどころか、多分、そのバーに行ったことがある、とは、篤史は言えなかった。それは、忍と二人久代の好きな相手をつけていった先のバーだ。忍はそこに通って、なにをしているのだろう。

(決まってる。……あの人のこと、口説いてんだ)

予想していたことなのに頭を打たれたように衝撃を受けて、一瞬篤史は呆然《ぼうぜん》とした。

「まあそれはそれとして、忍に優しくしてやってね」

そう言うと、因幡は人の好い笑顔を浮かべて、駅の改札をくぐっていった。それを作り笑顔で見送ってから、しばらくして、篤史は唇を嚙《か》みしめた。

そして気がつくと、一週間前に訪れた都心の街までの切符を買っていた。

(なにやってるんだろう、俺……)

自分でも自分の行動に驚きながら、けれど篤史はとうとう、以前忍と行った繁華街のゲイバーに来てしまっていた。

時刻は午後七時。空もまださほど暗くなく、夜の街の人通りは少なかった。

――忍が、ここで久代の好きな人を口説いているかもしれない。因幡からの情報でそう思い込んだ後、篤史が気がついたらここへ来ていたのは、とりあえず、忍にその男を口説くのをやめさせなければ、と思ったからだった。

（だって、実の父親の好きな人を盗っちゃうなんて……そんなことしたら久代さんが悲しむし、俺にも責任がないとは言えないし……）

それに、なんとなくだけれど、篤史は忍に、あの男と付き合ってほしくない、と思う。

散々迷いながら、けれど結局勇気を出して、篤史はその店へと下りて行ってみた。前に忍と来た時同様、扉を開くと薄暗い店内にはまばらな人影があって、カウンターの中にマスターが立っている。

「……おや。この前来た子だね。今日はお兄さんは？　一人じゃ、高校生はダメだよ」

マスターは篤史の顔を覚えていたようだ。心配そうに言われて、どうしよう、と困った時だった。

「あ、マスター。今日はその子、俺の連れなの」

カウンターに座っていた男が声をあげ、見るとそれは先週、都心のカフェで久代と会っていた例の男だった。今日は連れがいないらしく、一人だ。

「福山《ふくやま》くん、ここを若い子との待ち合わせ場所にしないでよ」

「可愛《かわい》いでしょこの子。ほら、マスターが許してくれるっていうから、こっちおいで」

篤史は戸惑いながらも、福山と呼ばれた男に促されて隣のスツールに腰掛けた。

「す、すみません。あの、この前もいきなり席を立っちゃって……」

とりあえず、篤史は頭を下げた。

「気にしてないよ。オレンジジュースでいいよね？」

福山はさっぱりした笑顔で、ジュースを頼んでくれた。周りを見回したけれど、どうやら忍はいないようだ。ここまで来たのはいいものの、なにをどうすればいいか分からなくて篤史は困ってしまった。福山にいきなり、「忍と付き合ってますか」と、訊くわけにもいかない。

「あ、あの俺、篤史っていいます。福山さん、でいいんですか？」

「うん。よろしくね。今日はなに、お兄さんが来るから来たの？」

自分から切り出す前に訊かれて、篤史はドキリとした。

「忍……兄は、この店、よく来てるんですか？」

緊張しながら訊くと、福山は「何度かね」と微笑んでいる。やっぱり——間違いない、忍はここで福山を口説いているのだ、と篤史は確信した。いや、もしかしたらもう付き合っているのかもしれない。そう思うと胸の中がざわめいて落ち着かなくなる。

「お兄さん、どうも、僕を監視しに来てるみたいだよ」

「監視ですか？」

けれど予想していなかった言葉に、篤史は首を傾げた。

「僕の恋路を邪魔したいようだよ。好きな子を守りたいんじゃない。わりといい男だよね」

福山が意味ありげに流し目をするので、篤史はドキリとした。スツールに腰掛ける福山は映画の中から出てきた俳優のようにきれいで、大人びたバーにいるのが様になっていた。カクテルグラスを持つ指先まで美しく見え、篤史はどぎまぎする。こんな男になら、忍が惚《ほ》れても仕方がないのかもしれない。

「……あの、でも、忍はすぐフラれるんです。だから、付き合ったらそんなにいい男じゃないと思います」

思わず、篤史はそう言っていた。言った後で、自分でも嫌みったらしい言い方になったと思った。けれどどうしても、篤史は忍と福山の恋を応援したくなかった。

（だって、久代さんがかわいそうだし。……それだけだよ）

内心で、篤史は自分にそう言い訳する。

「お兄さんのこと、嫌いなの？」

「嫌いなわけじゃ……」

ひがんだ物言いに小首を傾げられて、篤史は返答に詰まった。

いや、嫌いなのだろうか？　忍のことを思うと、やり場のないもやもやした気持ちが胸に浮かぶ。忍のほうが、篤史を嫌いだからだろうか。好きじゃないほうが抱ける、と、昼間白井も言っていたことだし。篤史が考え込むと、なぜか福山が、一人納得したように頷く。

「そっか。お兄さんとあんまり上手《うま》くいってないんだ？」

「そう、ですね……」

「悩むことないよ、家族だったらそんなこと、普通だよ。僕もそうだもの。ゲイだからね。親兄弟には煙たがられてるんだ」

さらりと言われ驚いて見返すと、福山はおかしそうに笑っていた。そのさっぱりした様子に、篤史はなんとなく、微笑み返してしまった。福山の口調で言われると、篤史の悩みも軽いことのように聞こえてくる。

「俺、父……親のほうには、素直になれるんですけど、なんか忍にはダメで」

緊張がほぐれ、なんだか、そんなことまで言ってしまった。

「忍は、優しい時もあるけど、大半は意地が悪くて……それだけならいいけど、たぶん俺のこと嫌いみたいで……」

言いながら、胸が痛む。けれど福山は特に驚きもせず、話を聞いてくれた。初対面に近い人間になぜこんな話をしているか分からなかったが、福山がじっと耳を傾けてくれているのを、感じてしまうからかもしれない。

「でも俺は、なんか同じくらい、嫌いにはなれないんです」

言葉にして――初めて、篤史は自分のその気持ちに気がついた。口では大嫌いと言ったりしても、本当は忍を嫌いになれない。心底からどうでもいいとは思えない。

（……一緒に暮らしてきたから？）

家族の形にしがみついている、自分の子供っぽさのせいなのだろうか。忍なんて家にいない

る。

ものだと思うことにした、と言ったところで、結局篤史は毎晩、忍の夕飯を作ってしまってい
(昔から、俺ってちっとも変わってない……)

唐揚げを作るから帰ってきて。そうお願いしていた頃から今まで、ずっと、篤史は忍に帰ってきてほしいと、そばにいてほしいと思っている。

(俺は忍に、家族にしてほしがってる……のかな)

本当はそんなふうに、忍の愛情をどこかで期待し続けている自分自身にこそ落胆し、傷つき、ショックを受けている。そんな自分を、バカだと思う。この期に及んでまだ、忍になにを期待しているのだろう。謝ってもらうことを? 本当は、弟だと思ってるよ、と言われることを?

それとも他のことだろうか?

自分の気持ちが分からなくて、篤史は拳《こぶし》を小さく握った。

「篤史くん、モネって画家知ってる?」

するとしばらくして、黙っていた福山に訊ねられた。

「印象派の、画家ですよね……?」

父も久代も画家だから、篤史は絵にはそれなりの造詣《ぞうけい》があった。モネの作品も、久代と一緒に美術館へ見に行ったことがある。それに福山が、よく知ってるね、と感心する。

「印象派の絵とかって特にそうだけど、あんまり近くで見るとぼやっとした色が重なり合って

るだけで、なんの絵か分からないでしょ？」

　こくりと頷くと、福山がそのまま続けた。

「しかも、本来ならそこにないような色が使われていたりするの、分かる？」

「ありますね、暗い影なのに、下地にピンクが塗《ぬ》られてたりとか……」

「でも離れて見ると、ちゃんとどんな絵か分かるじゃない。それで、眼には見えてないけど全体としては、そこにないはずのピンクが本当は必要だったりするんだよね。愛情も、家族も、そんなものだと僕は思ってるんだけど」

　福山が言い、篤史は眼をしばたたいた。

「近すぎると見えない。でも、見えなくてもちゃんと存在していて、見えたら、要らなかったはずのものの意味も分かる。篤史くんはまだ十八歳でしょ。まだ少し、近くで色々見すぎてるのかもしれない」

「……俺、子どもっぽいですか？」

　思わず訊くと、そういう意味じゃないよ、と福山が笑った。

「挨拶《あいさつ》もできて、しっかりしてる方じゃない？　それに……大人になる瞬間なんて、一瞬だよ。だからそんなに急いで大人にならなくていいと思う」

　同じようなことを忍にも言われたと、篤史は思い出した。

（大人になるって……絵がちゃんと、見えるようになることなのかな）

その絵の中に、自分も忍も、久代もいるのだろうか。もしかしたら、死んだ父もいるのだろうか。分からないけれど、今の自分には近すぎて見えていないものがあるのかもしれないと、ふと思う。

近すぎて……本当は忍のことも、なにも知らないのかもしれない。

「……こんな話、聞いてくれてありがとうございます。福山さんて、親切なんですね」

お礼を言うと、福山は苦笑気味に肩を竦めてきた。

「そんなんじゃないんだけどね。……なんだかきみのこと、最初から知ってたような気がして」

——最初から知っていた？

「初めてお店に入ってきた日から。きみを見て、懐かしい気持ちになった。だから本当は、お兄さんに話しかけたのもきみが目当て」

篤史は驚いて、眼を瞠《みは》った。福山はじっと、篤史を見つめてくる。嘘を言っている眼ではない。その視線に釘《くぎ》づけられたように、篤史はどうしてか動けなくなって息を呑んだ。

「お兄さんに連絡先聞いてもはぐらかされて……だから今日、会えて嬉しかった。ね、篤史くんも僕に会いにきてくれたの？」

篤史は答えに窮した。そうだ、と言えばそうだし、違うと言えば違う。それよりなにより、今のこの状況は口説かれているのだろうか？

分からずに混乱していたら、カウンターの上に乗せていた片手を、福山にぎゅっと握りしめられる。ハッと眼を見開くと、福山は真剣な顔をしていた。

「……会ってすぐにこんなこと言ったら軽蔑《けいべつ》する？　でも、もうずっと会いたかったんだ。よかったらまた、話がしたい。もっときみのことを知りたい……」

「え？　え？」

どうして俺？　と、篤史は混乱した。忍のように顔がいいわけでもない、大人っぽいわけでもない、なにができるわけでもない平凡な十八歳の男。それなのに魅力の塊のような福山がこんなに真摯《しんし》に、熱っぽく言ってくる理由が分からなかった。遊ばれているのだろうか、とも思ったけれど、その真剣な眼差しを見たら、とてもそうとは思えない。少なくとも忍よりは——篤史を、好きでいてくれている。そんな気さえした。

「……あ、あの、でも俺、好きな人がいて」

「誰？」

誰と訊かれて、どうしてか頭に浮かんだのは忍の顔で、篤史はたじろいだ。どうして忍を思い出すのだろう。

（俺が好きなのは忍じゃないし、それに忍は俺を嫌いだし）

「連絡先だけでも教えてくれないかな？　まずは世話焼きおじさんとして」

けれど福山の言う世話焼きおじさんという単語が、あまりに福山にそぐわなくて、篤史はつい笑ってしまった。すると福山も、緊張が和らいだようにそっと微笑んだ。

「……福山さんが、おじさんって」

「きみの歳《とし》からしたらそうでしょ？」

「すごくかっこいいのに」

素直に褒《ほ》めると、福山は眼を細めて笑った。その無邪気な表情が意外で、篤史はドキリとする。嘘じゃなく、本当に、福山は篤史を気にしてくれているらしい。

「……僕から見たら、篤史くんはまぶしいよ。携帯のメールアドレスだけでも、ダメ？」

どこか甘えたように訊いてくる福山に、篤史はつい絆《ほだ》されてしまう。そもそも、篤史はもとから誰かに頼まれ事をされるときいてしまう性格だ。ここまで真面目に言ってくれているのだから、いいかな……と、思う。

「じゃあ、携帯のアドレスだけ」

制服のポケットから携帯電話を取りだした、その時だった。バーの扉が開き、マスターが「いらっしゃい」と声をかける。入ってきた男が、ぐるりと店内を見回して、それから大声を張り上げた。

「……おい、なに……なにしてんだ！」

見ると、来たばかりの客は忍だった。忍は血相を変えたように篤史と福山の間に割り込み、篤史はカウンタースツールから引きずり下ろされた。

「渡会さん。どうしたの？　弟さんと話してる途中なんだけど……」

「あんたなあ、こいつには手、出すなって言ったろうが！　篤史、帰るぞ！」

忍は嚙みつくように福山へ言い返し、篤史は引きずられて、店の外へ出されていた。

「なに考えてんだ、お前！」

繁華街へ出た瞬間、篤史は忍に怒鳴られた。その大声にびっくりして、肩が揺れる。

「福山となにしてた。あいつは相当遊び慣れてる男だぞ、お前なんか鴨《かも》がネギしょってるようなもんだ。手ぇ出されたらどうする気だ！」

一方的に怒られて、篤史は身を竦めた。

「ふ、福山さんはいい人だよ。すごく優しかったし、友達になったからアドレス交換しようと思って……」

思わず言うと、忍が「はあ!?」と声を荒げる。

「まさかお前、それで教えたんじゃないだろうな!?」

「教える前に、忍が邪魔したんだろ？　もう一回行ってくるから」

店に戻ろうとしたら、力任せに襟《えり》ぐりを摑《つか》まれた。忍は眉《まゆ》をつりあげ、ものすごい形相で怒っていた。

「お前まさか、自分で福山を口説くつもりか!?」

忍に声を荒げられ、篤史は不意にカッとなった。

（違うよ、バカ……！）

なんで分からないのだ。

（忍に、会いに来たんだろ――）

忍が帰って来ないから。けれど電話をかけることもできず、どうしていいか分からないから。なにか理由がほしくて、ここまで会いに来た。自分でもたった今そのことに気がついたけれど、篤史の口から出たのは違う言葉だった。

「だったら悪いの？　久代さんだって、実の息子に好きな人盗られるよりは、他人の俺に盗られたほうがまだマシだろ！」

言った瞬間、頬《ほお》に熱い痛みが走った。忍に、ひっぱたかれたのだ。

はじめ、痛みは感じなかった。けれどじわじわと熱くなってくる頬へ、篤史はのろのろと手を当てた。少ししてからやっと、忍にぶたれたのだと、気がつく。

今までひどいことを言われたことは何度もあっても、手をあげられたことは一度もない。薄《うす》闇《やみ》の中、無理矢理抱かれた時に感じた得体の知れない恐怖が、ほんの少し胸に湧《わ》く。

「……お前、なに言ってるか分かってるか？　久代にはお前だって大事な息子だよ。なんでそれが分からないんだ」

――忍こそ、なんで分からないんだよ。

なじるように言ってくる忍へ、篤史はそう思っていた。唇を震わせて、うつむく。

「お前は久代が好きなんだろ。それなのになんでお前が、福山を口説くんだ。そんなことしなくていい」

「……それで、忍が口説くわけ？」

一瞬黙った忍へ、篤史は顔を上げた。

「忍の考えてること、意味分かんないよ。お、俺は、久代さんとどうこうなりたいわけじゃない。ただ、そばにいられたらいいだけ」

「じゃあ福山とどうこうなりたいのか？　俺とやって男の味を覚えたのか？」

篤史は眼を瞠った。こんな乱暴な口調で、こんなひどい言葉を言う忍が信じられなかった。忍の眼はどこか冷たく、突き放すように見える。

「……なんでそういうこと言えるの？　勝手に抱いたのは、忍だろ？　忍は本気で、誰かのこと好きになったことないから——。好きで、でも振り向いてもらえなくて」

言ううちに、篤史は自分でも自分がなにを言っているのか分からなくなっていた。

「相手は自分のことなんとも思ってなくて、本当は嫌われてるかもしれなくて、それでも好きなんてこと、忍は経験したことないから！　本気で、誰も好きになったことないから……っ」

自分は、誰のことを言っているのだろう。久代のことだろうか。それとも——。

「だから、俺の気持ち、分からないんだよ。適当に寝ぼけて、俺のこと抱いたりできるんだよ……っ」

「……あるよ」

不意に忍が、まるで唾《つば》を吐くように苦々しい声で、篤史の言葉を遮《さえぎ》る。

「俺にだってあるよ。好きでも、振り向いてもらえなかったことも。本気で、たった一人を好きになったことも……」

睨《にら》んでくる忍の視線に、鋭い熱がこもっている。篤史は思わず、黙った。意外だった。忍が本気で誰かを好きだったことがあるなんて、考えたこともなかった。

（……誰？）

今もまだ、忍はその人が好きなのだろうか。考えると、心臓が引き絞られたように痛み、体から血の気がひいていく。

「……俺が、そんなに、悩んでないように見えるか？　お前を抱いたこと、どうでもよかったように見えるか？　俺はそんなに、ひどい男か」

静かに訊いてくる忍の声には、言いしれない深い怒りがにじんでいる。忍は怒っている。篤史に、怒っている。とてつもなく、怒っている。

「そんなに嫌なら、もっと抵抗すればよかったろ。もっと抵抗されたら、俺もさすがに止めた。俺だって、お前を抱いたこと、後悔してる。抱きたくなんかなかったよ。ただそれを、見せないようにしてるだけだ。俺は大人だから、隠せるんだよ。お前と違って」

その言葉に、まるで鞭《むち》のようにきつく、頬を打ち据《す》えられたように感じた。頭の中が冷たくなる。

――抱きたくなかった。

忍の苦い感情が、篤史にもハッキリと伝わってきた。忍が小さく、舌を打つ。

「これ以上、どうしたらいいんだ。お前の眼の前から、消えたらいいのか――」

（どういう意味？）

胸が震えたけれど、声は出なかった。篤史はただ、忍をじっと凝視した。いつもの明るい、屈託のない表情が消えた忍。怒り、いらだたしげな忍。今もし、俺を嫌い？　と訊いたら、いつかのように「嫌いじゃない」とは答えず、「嫌いだよ」と本音を言われるだろう。そう、思った。

（俺が忍に、消えてほしいわけないだろ……？　俺は、ただ。ただ……）

ただ、なんだろう？

篤史は忍に、どうしてほしいのだろう。分かっているのは、今言われたことに、泣きたいほど傷ついているということだけだ。

その時、篤史のポケットで携帯電話が鳴った。のろのろと取り出すと、液晶画面に表示されていたのは隣家に住む高野《たかの》さんの家の電話番号だった。不審に思って通話ボタンを押すと、高野さんが焦った声で、『あ、あっくん！』と叫びをあげた。

『久代さんが倒れてね、今救急車で運ばれてるのよ！　病院の名前言うから！』

（え……？）

あまりに突拍子もなくて、すぐには高野さんの言ったことが咀嚼《そしゃく》できない。頭の先から一気に血の気がひき、篤史は体中冷たくなるような気がした。

「……篤史、どうかしたのか？」

篤史の表情の変化を読み取ったらしい、忍が眉をひそめる。そのとたん、忍の表情がいつものものに戻ったのを、篤史は感じた。だからなのか、大丈夫と目配せしようとして、忍と眼を合わせたとたん、篤史の眼から、ぽろっと涙がこぼれ落ちた。不意に忍が篤史の肩を力任せに抱き寄せ、携帯電話を奪う。

「高野さん？　俺です。忍です。父が？　……はい。はい。分かりました」

篤史はいつの間にか震えていた。たった今大声を張り上げてケンカしあっていたはずなのに、なんだか立っているのも苦しくて、引き寄せられるまま忍の体にすがりついていた。膝《ひざ》ががくがくと笑い、今にも力がぬけてしまいそうだ。

「病院の場所を聞いた。今タクシー拾うから」

電話を切った後、忍がてきぱきと言うのに、篤史は頷くのがやっとだった。

ただひたすら、脳裏によぎるのは、十一年前の夏の日。

ひこうき雲を追いかけた篤史の後ろで、死んでしまった父。あの時どうして、手を放してしまったのだろう。

（久代さんが、お父さんみたいになったら……どうしよう）

心臓が早鐘のように、鳴っていた。

六

篤史《あつし》が忍《しのぶ》と一緒に久代《ひさよ》の運ばれた総合病院へ駆けつけたのは、もう夜九時を過ぎた時間だった。久代の意識はなく、高熱でうなされていたが、夜間で満足な検査もできない状態だからと、家に戻るよう言われた。

「あの、今すぐなんの病気か分からないんですか？　このまま朝まで眼が覚めないとか、そういうこと、本当にないんですか？」

宿直の若い医師に、篤史はつい食い下がっていた。医師は困惑顔で、篤史を宥《なだ》めてきた。

「もちろん十分な手当てはしています。今すぐ命がどうというようなことはありませんから、とにかく明日、またいらしてください」

篤史は納得がいかなかった。病室のベッドに寝ている久代は汗だくで、息も浅かった。呼びかけても起きる気配がないし、人手のない夜の病院で、本人さえあずかり知らないところでひっそりと死んでしまう――ことが、万に一つもないとは言い切れないと思った。けれど医師と忍に説得されて、仕方なく忍と二人、家に帰った。

（……誰か家族が一人、ついてるわけにいかなかったのかな？　俺、やっぱりもう一回行ったほうが）

家に帰ってからも暗い顔で思い悩む篤史に、忍が何度も、

「大丈夫だよ。心配するな、明日は俺も午前休とって、一緒に病院行くから。な」

と声をかけてくれたが、それも半分以上耳に入らなかった。

いつもなら気がつくことにも気がつかず、帰ってからすぐに隣家の高野《たかの》さんにお礼を言ってくれたのも、軽い食事を作ってくれたのも、全部忍だった。けれど作ってもらった食事も、篤史には味がしないように感じられた――忍の料理は、美味しいはずなのに。

「篤史。平気だよ、多分久代のことだから、寝不足がたたったんだ。前にもあったろ？　展覧会の絵が終わった直後で、気が抜けただけだって」

「う、うん。そうだよね……」

いつまでも不安がっていたらいけない。

忍に励まされて、篤史はなんとか微笑んだ。病院に行く直前までしていたケンカはまだ終わっていないはずだけれど、今はもうそんなことを考えている場合でもなかった。

（後ろ向きになっちゃダメだ、俺。久代さんは大丈夫。お父さんとは違うんだから……）

その夜、気持ちを無理矢理切り替えて、篤史は寝支度をし、ベッドに潜り込んだ。

（とにかく、明日。明日になったらきっと、久代さんもよくなってる……）

そう思って眼を閉じると、自分の心臓がドキドキと激しく鳴っているのが聞こえた。瞼《まぶた》の裏には、病院で見た久代の青ざめた顔が浮かび上がり、それが遠く、父の顔に重なっていった。

——夏だった。

晴れ渡った空に、長く緩やかな坂道が続き、篤史は父と二人でその道を登っていた。道の向こうは陽炎《かげろう》に揺らめき、入道雲を割って、ひこうき雲がぐんぐんと伸びていった。篤史は父の手を離し、ひこうき雲を追いかけたのだ。

『お父さん、見て。見て、ひこうき雲だよ。どんどん伸びるよ』

お父さん、見て……。

あの時、篤史のすぐ後ろでなにかの倒れる音がした。振り向いたら、倒れていたのは父だった。

そして父はそのまま、死んでしまった。

——気がつくと、篤史は闇の中で眼を見開いていた。

いつの間にか息が浅くなり、全身からどっと汗がふきでていた。父を失った時に感じたのと同じ恐怖で、頭のてっぺんからすうっと血の気がひいていく。

(ダメだ……寝ちゃダメだ。今、もしかしたら今、今この瞬間に、久代さんがこの世からいなくなるかもしれない)

突然、そう思った。一度思うともう我慢できなかった。篤史は跳ね起きて、部屋を飛び出した。階段を駆け下りて靴をひっかけ、玄関の引き戸に手をかけた瞬間、腕をとられた。

「篤史！　なにしてるんだ、こんな時分、どこ行くんだ！」

忍に引き留められ、篤史はハッと振り返った。薄闇の中に、忍の顔が浮かんでいる。とたん、篤史は忍の二の腕にすがりついた。

「忍、病院。病院行こ？　やっぱり、やっぱりダメだよ。離れちゃダメだよ」

忍が眉を寄せ、篤史の腕を摑み返す手に、わずかに力をこめてくる。

「……大丈夫だ、篤史。落ち着いて。先生だって言ってたろ、今すぐどうこうなるようなものじゃないって。だから……」

「でも……お父さんの時も、そうだったんだよ？」

——お父さんの時も、そうだった。

「みんな、助かるって言った。でもお父さん、そのまま死んじゃったんだよ。一度も起きなかった。久代さんもそうなるかもしれない……そうなったら、そうなったら……っ」

篤史を見つめていた忍が、一瞬息を吞む。我知らず、篤史の眼には、涙が溢《あふ》れかえっていた。

篤史の瞼の裏に、久代の笑顔が浮かんでくる。あっくん、と呼んでくれる時の声。それはいつでも優しく、温かかった。ただ、愛だけを伝えてくれる声——。

この世で、絶対に篤史を愛してくれているだろう、たった一人の人の声。

この家に連れてきてもらったばかりの頃、夜中に篤史が父を思い出して泣いていたら、久代はすぐに篤史を抱きしめて、一緒に寝てくれた。

運動会に参観日、高校にあがるまでは、一度も欠かさずに来てくれた。

篤史が学校の先生に褒められると、自分のことのように喜んでくれ、毎年もらっていた皆勤賞の賞状を居間に飾ったりしてくれた。

生きていけない。久代がいなくなったら、生きていけない。

料理が下手でも、絵に集中しすぎて篤史のことを忘れたように見えることがあっても、ご飯を一緒に食べてくれなくても、誰か、外に好きな人ができても構わない。

ただ、生きていてさえくれたなら……。

生きてさえいてくれたら、他になにも要らない。

「大丈夫。……大丈夫だよ。篤史を残して、久代が死ぬわけないだろ?」

低い声でゆっくりと言いながら、忍が篤史を抱き寄せてくれる。

「久代は、篤史がどれだけ淋しがりか、ちゃんと分かってるんだから……」

篤史は忍の胸にしがみついて、嗚咽《おえつ》していた。

久代の疲れた顔を見るたびに、いつもいつも感じてきた恐怖が——今は胸の中でふくれあがり、感情がはちきれてしまった。

「俺、俺……久代さんが死んだら、生きてられない……生きてられない」

しゃくりあげながら、篤史はそう繰り返した。忍の腕が、篤史の体を強く抱きしめてくれる。

この腕がなかったら、今にも体がバラバラになって、崩れてしまいそうだった。

「久代は戻ってくる。大丈夫。ちゃんと篤史のところに戻ってくる」

耳元でそう囁《ささや》かれて、篤史は忍に体を預けた。忍があやすように篤史を抱いて、玄関のあがりかまちに腰を下ろす。篤史も忍にしがみついたまま、電灯一つ点《つ》けない玄関で座り込んだ。

どうしてそうなったのか——。

あまりに自然で分からなかった。忍が篤史の目許から、涙を啜《すす》った。そのまま口づけられても、篤史は抵抗しなかった。泣きながら、忍の首に腕を回した。ただもっと近くに、忍の近くに行きたかっただけだ。

忍がしてくれたキスは優しく、涙の味がした。ついばむように何度も何度も口づけられ、撫でるように上唇を舐《な》められる。そうして忍は、篤史の薄い背中を安心させるように、ずっと撫でてくれていた。キスの合間に「大丈夫」と囁かれると、篤史は本当に大丈夫なような、そんな気さえした。

忍に口づけられるのは、ちっとも嫌じゃないと、篤史はこの時初めて思った。そうだ、今になって気がついたけれど、一番最初から嫌ではなかった。

（どうして……。俺が忍を、家族だって思ってるなら、なんで……嫌じゃないんだろう）

そして忍はなぜこんなに優しく、キスをしてくれるのだろう。

本当に篤史がどうでもいいなら、こんなふうにしてくれるだろうか？

気がつくと抱かれたまま部屋に連れ戻され、篤史はベッドに横たえられていた。温かな毛布ごと、くるむように抱きしめられると、急に眠気が襲ってくる。

けれど忍が自分を置いて部屋を出て行かないか怖くて、篤史は咄嗟《とっさ》に忍の袖《そで》を摑んでいた。

行かないよ、と忍が言って、篤史の頭を撫でてくれる。

その手つきが優しく、篤史はいつしか、まどろんでいた。

「お前は、いい子だな……」

夜のしじまの向こうで、風の吹く音がし、その中に微《かす》かに聞こえてくる忍の声はどこか淋しげだった。篤史はふと、忍が小さく息をつくのを聞いたような気がした。

「……久代じゃなきゃ、お前は、ダメなんだなあ」

庭に植えているさるすべりの木から、葉擦《はず》れの音がする。眼を閉じると、篤史はやっと眠りの中に、吸い込まれていった。

その晩、篤史は夢を見ていた。

いつだっただろう。たしか、今から六年前のこと。篤史は十二歳、忍は高校生だった。

篤史は町の交番で、おまわりさんに叱《しか》られていた。

『本当に他の子はやってないんだね？　もう、二度としちゃダメだよ』

『はい、ごめんなさい……』

篤史は十二歳の小さな体を縮こまらせて、何度も謝っている。

警察に篤史が捕まったのは、小学校の帰り道にある小さな商店で、駄菓子を万引きした、と疑われたからだった。けれど本当は、篤史がやったわけではなかった。

篤史の学年ではその頃、面白半分にその店で万引きをする子どもが何人かいて、それが一種の度胸試しのようになっていた。その日一緒にいた友達が万引きをして、一人だけ逃げ遅れた篤史は店主に捕まり、近所の交番に預けられた。

『どうも、お世話になりました』

その篤史を迎えに来てくれたのは忍だった。高校の制服を着た忍が、ぺこりと頭を下げ、パイプ椅子《いす》に座っていた篤史の手を引いてくれた。来てくれたのが忍で、篤史は少しだけホッとした。どうしても、久代に万引きで捕まったとは知られたくなかったのだ。

『素直だし、反省してるみたいだから、今回は学校に電話してないよ。でも次からは先生に言うから、弟さんとよく話し合ってね』

『ありがとうございます』

忍は礼儀正しく頭を下げ、篤史も慌ててお辞儀した。本当は万引きなんてしていないけれど、仲の良い友達がやったのだと言うのもなんだか気が引けて、篤史は結局言い訳なしに最初からずっと謝っていた。けれど――やっていないと弁解しないということは、それはそれで、辛かった。

（久代おじちゃんに知られたらどうしよう……）

篤史の心配はただ、それだけだった。

一緒に暮らし始めて五年が経っていたけれど、忍のことは正直まだよく分からなかった。明るい性格をしているとは知っていたし、家にいて用事があれば会話もする。料理やアイロンがけを教えてくれたのは忍だった。けれど篤史の中にはいまだに、初めて会った時に忍が自分へ向けたしかめ面のイメージがあった。忍は、自分を好きじゃないのだろう、と篤史は思っていたから、なんとなくいつまで経っても、気を許せないでいた。

だから、その日迎えにきてもらってホッとしたのと同時に、怖くもあった。

（忍は、おじちゃんに言っちゃうかもしれない……）

一緒に交番を出て、家まで歩く道々、二人は無言だった。忍がなにを考えているのか分からなくて、怖かったことを覚えている。どのくらい歩いた後か、ふと、忍が言った。

『お前、やってないんだろ。分かってるから、心配すんな』

まるで今自分がなにを考えていたか察していたように、忍はそう言った。篤史は顔を上げて、忍を見つめた。すると忍が手を伸ばして、篤史の頭を撫でてくれた。大きな手のひら。その優しい手つきに、篤史はびっくりした。忍がこんなふうに――自分に、触れてくれるなんて、思わなかったからだ。

『……分かるって。お前が久代を困らせるようなこと、するわけない。友達のこと、庇《かば》ったんだろ？　篤史は本当に、いつも頑張ってて、えらいな』

一人で、と忍は付け加えた。

一人で頑張ってる、と。

その時どうしてなのか——篤史は急に、泣けてきた。

張り詰めていた緊張が突然ほどけて、驚いたのかもしれない。

気がついたら、泣きながら忍に抱きついていた。

自分を好きじゃないだろうと思っていた忍は、しっかりと篤史を抱きしめて、泣き止むまでの長い間、背中を撫で続けてくれた……。その手の優しさや、忍の腕の温かさを、篤史は今も思い出せる。

——本当は忍は、俺のことを好きでいてくれてるのかもしれない。

あの時心の片隅で、篤史はそう思った。

「心配かけてごめんね」

翌日篤史が忍と一緒に病院を訪れると、久代はまだ熱があったけれど、とりあえず大事はなさそうだった。医者の話では不摂生がたたって免疫力が低下し、細菌に感染して高熱を出したらしい、ということだった。そのせいで、久代は数日間入院することになった。とはいえ、命にかかわるような病気ではないと診断されて、篤史は安堵《あんど》した。

「結局日頃の行いが悪いんだよ、日頃の行いが」

枕元《まくらもと》で、忍が呆《あき》れたように言い、売店で必要なものを買ってくるから、と言って出て行く。久代と二人きりになると、篤史は思わず詰めていた息を吐き出した。忍が出て行った後の出入り口を見ると、どうしてか胸がドキドキした。

「あっくんにも迷惑かけちゃうね。僕のことはあんまり気にしないで生活して」

久代に声をかけられ、篤史は慌てて「なんてことないよ」と笑った。けれどすぐに「忍も、僕が入院してる間は早めに帰ってきてくれるみたいだから」と言われ、自分でもわけが分からないほど、どぎまぎした。

——本当だろうか？　本当なら、嬉しい——と思っている自分がいることを、篤史は隠せなかった。頬を赤らめてうつむいた篤史を見て、久代が怪訝《けげん》そうに眉を寄せる。

「あっくん、忍となんかあったの？」

「えっ、なにが？　なんにもないよっ、あ、俺、洗濯してくるね！」

久代が昨晩着ていたものを抱え込むと、篤史は逃げるように病室を出た。けれど頬はまだ熱く、胸はドキドキと鳴っていた。

今朝眼が覚めた時から、篤史はおかしくなっている。そもそも、朝になって目覚めたら篤史は忍と一緒にベッドで寝ていて、横に寝そべった忍に腕枕されていた。そんな篤史を、先に起きていたらしい忍がじっと見下ろしていたので、篤史は心臓が飛び出しそうになった。どうやら一晩中、忍が自分を抱いて寝てくれていたらしいと知り――気まずいやら、恥ずかしいやら、申し訳ないやらだった。けれどなにより戸惑ったのは忍が微笑んで、

「おはよう。元気出たか？」

と言ってくれた時、心臓が引き絞られたようにきゅっとなり、今すぐ忍の胸に抱きついて、もっとずっと近くに寄り添いたい、そんな気持ちになったことだ。それは久代に対して感じてきた思慕とは、まるで激しさの違う強い感情だった。

（俺、どうしちゃったんだろう……）

自分で、自分の変化がよく分からない。ただ一晩過ぎただけなのに、忍が急にとてつもなくかっこよく見え、とてつもなく恋しい。そばにいたいと思いながら、まともに眼を合わせるだけでどぎまぎしてしまう、妙な状態だった。

その日はとりあえず午前だけ久代を見舞い、篤史も忍も、それから学校と会社に出た。翌日は放課後に病院へ寄ることを約束し、その日学校が終わった後は、篤史はまっすぐ家に帰った。

いつもどおり夕飯の支度をしている間、実は少し不安だった。

久代が入院したことですっかり忘れていたが、本当は篤史と忍は長い冷戦状態に置かれてい

る真っ最中のはずで、昨夜も篤史が福山《ふくやま》に会いに行ったことで、大ゲンカをした。もともと冷戦状態の発端は忍が篤史に「メシを作るな」と言ったことにもあるから、夕飯を作ったら忍をまた怒らせてしまうかもしれない……と、思ったのだ。

なのであまり豪勢なものではなく、魚屋で安くなっていた太刀魚《たちうお》の骨をぬいてもらい、ムニエルにした。付け合わせにはさっとできる春雨のサラダ、それにトマトとコンソメのスープ。これくらいなら一時間かからずに作れるし……と、思い思い作っている間、篤史が考えているのは入院している久代のことではなく、忍のことばかりだった。

と、夜七時近くなって、家の玄関がガラリと開き、すぐさま廊下にけたたましい足音が響くのを聞いて篤史はぎょっとなった。突然台所の戸が開けられ、見ると、忍が汗だくになりぜいぜいと荒い息をして立っている。

「し、忍？　どうしたんだよ？」

忍が台所にずかずかと入ってくる。そして篤史は、両頰を忍の両手に包まれるようにして持ち上げられ、びっくりした。触れられてじっと見つめられると、頰が火照《ほて》り心臓が音をたてて鳴りだす。やがて忍が肩から力をぬき、安堵したように息をついた。

「……よかった。元気だな。何度かメール入れたのに返信がないから」

その言葉に、篤史は「えっ」と素っ頓狂な声を出した。そういえば今日は、帰ってきてから一度も携帯電話を見ていなかった。ワゴンの片隅に畳んで並べた布巾《ふきん》の上へ放置していた携帯電話を取り上げると、たしかに忍から、三度もメールが来ていた。

『今から帰るから。篤史、大丈夫か?』

『もしかして、病院行ってる?』

『大丈夫か?』

その三つのメールから、ありありと忍の心配してくれる気持ちが、伝わってくる。

「なんかあったんじゃないかと思ってさ……お前、昨日の晩あんなだったし」

どうやら忍は、篤史がまた取り乱しているのではないかと心配して、駅から走って帰ってきてくれたらしい。そうまで思ってくれたことが、嬉しい。篤史の心臓は、もうはちきれそうなほどドキドキと鳴っている。けれど今まで素直にお礼を言ったことなんてないから、どう応じたらいいのか分からなくて、困ってしまった。

「……き、昨日はいきなりだったから。もう平気だよ、俺、そこまでガキじゃないし」

本当はただありがとうと言いたいだけなのに、出てくるのは憎まれ口だった。それに慣れているらしい忍は、軽く肩を竦めている。

「はいはい。まあでも、そのくらい憎たらしいほうが俺としては安心だよ」

大きな手でくしゃりと頭を撫でられて、篤史は落ち込んだ。

(ありがとうって、言えばよかった……)

「夕飯、魚? あ、美味《うま》そう」

けれどフライパンの中を確認した忍が嬉しそうに声をあげたので、気を取り直した。

「安かったから！」

「安かったからかよ」

苦笑する忍だったが、その声が優しくて篤史は自然、微笑んでいた。胸の中がぽかぽかと温かくなり、忍と二人、他愛のない話をする食卓は久しぶりにとても楽しかった。忍も篤史の進路の話や福山の話をぶりかえそうとせず、ここしばらくのいざこざも、なかったかのようだ。

翌日から、篤史は放課後に病院に寄って久代の身の回りを世話し、帰ってくると簡単な食事を作って忍と一緒に食べる生活になった。

久代のことは心配だったけれど、忍の帰りが早いことは嬉しかった。それに久代の入院中、忍は篤史を案じているからなのか、いつも以上に優しかった。寝る前になると、必ず「大丈夫か？　寝れるか？」と訊いてくれた。何度も頭を撫でられ、何度も眼を見つめられて、篤史は始終ドキドキした。忍は篤史が強がっていないか、そうやって確かめているようだった。

「……顔見ただけで俺が元気かどうか、忍に分かんの？」

恥ずかしくてつい刺々《とげとげ》しい声で訊いても、忍は苦笑していた。

「十一年も一緒にいるんだぞ。篤史の眼見たら、大抵の気持ちは分かるよ」

その時の忍の眼差しが優しくて、篤史は胸の奥から温かなものが溢れてくるように感じられた。どんなに意地を張っても、本当は忍に優しくされると、嬉しい。なんでも分かる、と言われて、それじゃあ今自分が忍に感じているこのときめきのようなものも知られているかもと不安になりながら、どこかでは知られてもいい、知ってほしいとも思った。

やがて数日が過ぎ、金曜になって久代の状態もかなりよくなった。

「土日になにもなければ、月曜に退院にしましょう」

と、医者に言われて、篤史も安心した。久代もやっと好きな絵を描けると喜んでいた。

「久代さん、月曜に退院できそうだって」

その晩、夕飯の食卓でそう告げると忍はあっさりしたもので、「おー、そっか。よかったな」と言った。大体忍は、久代に対してはいつもわりとあっさりしている。

「土日は俺も見舞えるから。でも月曜はちょっと休めないんだ、仕事が忙しくてさ」

「ううん。いいよ、俺行ける。忍、ここ毎日定時であがってくれてたし……」

そのせいで仕事が詰まっているだろうことは、篤史にも想像できた。忍は、昔から頭の回転がよくて大学もいいところを出ている。会社でも二年目にしてはずいぶん頼られている、と因《いな》幡《ば》に聞いたことがある。

（久代さんが退院したら、忍はまた、家に帰ってこなくなるんだろうな……）

そうしたら、あの冷戦状態もぶり返すのだろうか。

どうしてだろう、久代が帰ってきてくれるのは嬉しいのに、入れ替わりに忍とはまた食事もとれなくなるだろうと思うと、気持ちが沈み、なんだか淋しかった。もう少しこのままでもいいような、そんな気さえした。

「……土曜日、見舞いの後、どっか行くか？」

その時ふと忍に訊かれ、篤史は首を傾げた。

「考えてみたら、篤史も高校生なのに家の中に縛られてさ……最後に二人で遊びに行ったのっていつだっけ？」

「……高校一年の時、一緒に買い物行った」

「あれ、隣町のデカいスーパーだろ？　お前の中学卒業祝いに、海行ったっきりだ」

そうだ、と篤史は思った。当時大学生だった忍が、友人に車を借りて連れて行ってくれた。それは夜中のドライブで、篤史には刺激的で楽しかった。けれどそんなわずかな思い出を、忍が覚えていてくれたことに驚いた。

「たまにはパーッと金使う遊びしよう」

「もったいないよ」

「いいんだよ、時々は贅沢《ぜいたく》しないと、人間がしみったれるぞー」

うきうきした調子で言う忍に、篤史もつい、頬が緩んだ。本当を言うと忍と一緒なら贅沢をしてもしなくてもどこに行っても行かなくてもよかったけれど、そうやって誘ってくれたことは、素直に嬉しかった。

翌日、午前中に久代を見舞った後、篤史は忍と二人で出かけた。車はなかったが、電車に乗ってレジャー施設が集中する湾岸沿いの埋め立て地へ向かった。

そこで映画を見て、見終わった後はショッピングビルの中を練り歩いた。忍が、篤史にとっては高価な靴を買ってくれたりしたので、篤史は恐縮してしまった。

「いいよ、誕生日もプレゼントもらったのに」

「お前、こういう時は素直にありがとうって言ったほうが可愛いぞ」

忍は篤史の額を小突き、さっさと会計をすませてしまった。普段家計を切り詰めて、自分のものもほとんど買わないけれど、篤史だって十八歳。本当は服や靴にはそれなりに興味があって、だから買ってもらった靴を受け取った時は、自然に「ありがとう」と言えた。忍は、自分も嬉しそうににっこり笑っていた。

そのうちに、篤史は忍と一緒にいると、自分がなんにもしていないことに気がついた。どこへ行っても、忍が篤史の面倒をみてくれている。人混みが多くなると肩をひょいと抱かれて、人のいないほうへ誘導される。ちょっと喉が渇いたなと思ったら、もう飲み物を買ってくれている。本屋やCDショップで「あれないかなあ」とぼやいたら、忍が探してくれたりする。重い荷物まで、知らぬ間に持ってくれていたり。

変なの、と篤史は思った。学校でも久代の前でも、いつもなら自分が世話を焼く方だ。頼まれ事をされるのも、頼まれる前に面倒をみてしまうのも、自分だ。忍はなにひとつ、篤史に寄りかかってこない。気がつくと篤史が、寄りかかっている。

（……忍っていっぱい女の子と付き合ってるから、こういうの慣れてんのかなあ）

そう思ったら、なぜかしゅんとなった。そんな自分に、篤史は戸惑ってしまう。

ゲームセンターで遊んで、日が落ちた後、軽く夕飯をすませた。そろそろ帰る時間になると、篤史はなんだか急に淋しくなった。今日が終わって、明日も明ければ久代が帰ってきて、かわりに忍は帰ってこなくなる。

（もっと一緒にいたい……）

そんなふうに思う自分がいる。

「篤史、ちょっといいとこ連れてってやる」

けれど帰る前に、篤史は忍にレジャー施設から少し離れた、高層ビルへと連れて行かれた。

「なにここ？　普通のマンションみたいだけど」

それは海沿いに建つ、やや古めの高層マンションだった。こんな洒落《しゃれ》た場所に建ってはいるが、一昔前の造りで、セキュリティも甘いらしい。中には簡単に入れた。

「穴場なんだよ、ここ」

と言いながら、忍が慣れた様子で篤史をエレベーターへ誘う。根っから真面目な篤史は、部外者が入っていいのかとちょっとヒヤヒヤしていたけれど、忍のほうは鼻歌まで歌っている。

やがてエレベーターは、屋上で止まった。外へ出ると、だだっぴろい屋上には人っ子一人いない。柵の向こうには、湾岸沿いの美しい夜景が広がっていた。ライトアップされた白い吊《つ》り橋。

観覧車や高層ホテルの光が、星のように暗い夜の闇へちりばめられている。篤史は思わず歓声をあげて、柵へ走り寄った。

「きれいだろ。誰も知らない、プライベート展望台」

「プライベートっていうか……このマンションのものだろ」

得意げに言う忍に返すと、忍がおかしそうに笑った。篤史も笑った。

「ここで一杯……が美味くてさあ。さ、あっくん、乾杯、乾杯」

見ると、忍はコンビニエンスストアのレジ袋の中からビールの缶を取りだしている。それに呆れていると、篤史にはコーラのペットボトルが渡された。楽しげな忍に、篤史も結局笑って乾杯した。そのまま、しばらく無言で夜景を眺める。

やがて遠くのほうから低く重たい音が近づいてきて、篤史は顔を上げた。夜空を、空港に向かって飛行機が飛んでいった。

「……夜でも、ひこうき雲ってできるのかなあ」

ふと、篤史は呟いていた。聞いた忍が、「原理的にはできるんじゃないか」と言う。篤史の瞼の裏に、十一年前、坂の上で見たひこうき雲が鮮やかに蘇《よみがえ》ってきた。

「七歳の時、お父さんが死んだ時に……俺、ひこうき雲を見てたんだ」

気がつくと、篤史はそんなことを話していた。今まで誰にも、それこそ久代にさえ話していないことだった。今どうして、こんなにも自然と口を突いて出てきたのか分からなかったけれど、忍が横で、篤史を振り向く気配がある。

「お父さんに、見て、見てって言って、つないでた手、放した。そしたらお父さんが倒れて……死んじゃった。時々、もしあの時手を放さなかったら……って思うこと、ある」

もしあの時、手を放さなかったら。

いいや、分かっている。そんなことじゃない。そもそも父が死んでしまった原因は、もっともっと根深いところにある。

「俺がいたから……お父さん、無理してたんだ。久代さんにも、無理させて」

その時忍の腕が伸びてきて、篤史は頭を抱かれた。忍の体温が、篤史に寄り添ってくる。

「お前のせいじゃないよ」

耳元で言われた。——きっと誰でもが、そう言う。篤史の話を聞いたら。分かっていたから、誰にも話さなかった。それなのにどうしてか、涙がこみあげた。ホッとした。そう言ってほしかった。お前のせいじゃないと、誰かに、忍に言われたかったのだと篤史は気がついた。

「お前がうちに来てからずっと」

まるで独り言のような声で、忍が続ける。

「正直、かわいそうでさ……一生懸命役に立とうってしてるのが、健気《けなげ》で。そんなことしなくてもいいのにって思ってた」

その言葉が意外で、篤史は忍の体から頭を離した。

「でも、忍は俺が家に来るの、嫌だったんじゃないの？　だって、お父さんの葬儀の時、久代さんが俺を引き取るって言ったら、顔しかめてて」

「そうだっけ？　でも、そりゃそうだろ。俺は久代のことは好きだけどさ、社会人としてはどうかと思うぞ。あの頃には既に、うちの親父《おやじ》はヤバいって分かってたから、そんなのに引き取られるなんて、お前がかわいそうだと思ってたよ」

篤史は呆気《あっけ》にとられて、忍を見つめた。それじゃあ、自分が思っていたのとはまったく別の理由で、忍は顔をしかめていたのか？

「案の定、久代はお前に迷惑かけるし、お前は一人で頑張りすぎるし」

「迷惑なんて思ってなかったけど……」

「じゃ、久代もそう思ってるよ」

くしゃっと頭をかき混ぜるように撫でられ、篤史は忍を見つめ返した。忍は優しい顔で、首を傾げている。

「もっと甘えていいんだぞ。あんなんでも一応、歳はとってるんだから。進路のことも、今までの自分の気持ちも、メシ食ってくれの一言にしたってさ……素直に、色々話してみろよ。大人になんか、急いでならなくていいから」

忍の指が、そっと篤史の耳たぶを触った。篤史の胸が、ドキリと波打つ。頬が火照り、これ以上忍の顔を見ていられなくて、うつむく。

「……忍ってさあ、こうやって女の子口説いてるんだな」

「ええ？　なんだ、今俺、かっこよかったか？」

顔を覗き込まれ、篤史は忍の脛《すね》を軽く蹴《け》った。忍が笑いながら離れていく。

「でもまあ、いくら口説き文句が上手くても、結局本気じゃなきゃ長続きしないよ」

その忍がふと淋しげな口調でつけ足したので、篤史は顔を上げた。

「篤史を見てると、好きな人のために全部捧げてるもんな。俺はもっと身勝手だ。本当は一度も、本気の恋愛なんかしたことないんだよ」

篤史は、なにを言えばいいのか分からなくなった。こんな自虐《じぎやく》的な忍は珍しい。

「本当に俺は、ちゃらんぽらんだからさ……。今までもべつに誰でもよかった。逃げられるなら……誰だって」

逃げるとは、なにから？　篤史は不思議に思ったけれど、忍があまりに元気がないから、咄嗟に励ましていた。

「そんなこと……。そりゃ忍、すぐ誰とでも付き合うけど……俺、忍は、その、優しいと思うよ。優しいよ、忍は。だから……」

だから？

——だから、俺も好きなんだよ。

そう言いそうになって、篤史は口をつぐんだ。心臓が、急にドキドキと鳴り始めた。忍が苦笑気味に、首を傾げる。

「そっか。じゃあ、久代も退院したら、また新しい彼女でも探そうかな」

「そ、そうだよ。今度はちゃんと好きになれるかもしれないし……」

忍の言葉を肯定しながら、同時に篤史は頭を打たれたようなショックを感じていた。

(俺、忍が他の誰かと付き合うの、嫌だ……)

篤史は、そうと気づいてしまった。忍がまた新しい相手を作ることを考えただけで、どうしていいか分からないほど辛くなる。

(俺、忍が好きなんだ……)

忍が好き。認めたとたんに、胸が高鳴り、苦しいほど締めつけられる。久代へ、こんな気持ちになったことは一度もなかった。久代を好きで好きで……けれどそれは、本当に恋愛だったのだろうか? 忍を好きかもしれないと思っても、久代への愛情にはなんの揺らぎもない。ただ——篤史は気がついた。

久代とキスをしたいとは、セックスをしたいとは思わない。けれど忍とは、キスもセックスも、ちっとも嫌ではなかった。もしもあれが他の誰かじゃなくて、自分だけに向けてくれたものなら……初めての時も、傷つかなかったかもしれない。自分は彼女より誰より、忍に特別に思ってほしかっただけ。嫌われたくないというより、好きになってほしかっただけなのだろうか?

(どうしよう……)

篤史は混乱した。今になって、自分のこんな気持ちが分かるなんて。分かったところでどうしようもない。忍は月曜になればまた、家に戻ってこなくなり、そのうち彼女を作ってやがては結婚して出て行くかもしれない。篤史と忍の関係は、同じ家に住んでいたことのある他人になってしまう……。けれどなにができるのか、篤史を久代とくっつけようとするような忍に、自分の気持ちを言えるわけもなかった。

「……ね、そのお酒、俺にもちょうだい」

篤史は持っていたコーラを置いて、忍の持つレジ袋を指さした。まだもう一缶、白いレジ袋にうっすらと透けて見えていた缶ビールを、勝手に袋から出す。

「こら。未成年だろ」

「いいじゃん。一口だけ」

いつもの篤史なら、こんな無茶は言わない。けれど篤史はほんの少し、ワガママを言いたかった。どうせ月曜になればこんなふうにゆっくり話すことも少なくなる。彼女ができたら、篤史なんて二の次になるのだから、今だけ、忍に甘えて忍を困らせて、忍の頭の中を自分でいっぱいにしたい——そんな気持ちだった。

忍が呆れたような顔をしたのを尻目《しりめ》に、篤史はやけになってビールを飲み干していた。

「篤史、ほら、家だぞ。まったくお前がこんなバカだと思わなかった」

まどろみの向こうで、半分呆れ、半分怒ったような忍の声がする。篤史は負ぶってくれている忍の背中から下りようと思うのだけれど、体は鉛のように重くて、動かない。

篤史は酔っ払っていた。湾岸沿いのマンションの屋上で、ほとんど勝手にビールを一缶開けた後、急速に酔いが回ってつぶれてしまい、忍が負ぶって帰ってきてくれたのだ。途中の記憶はなく、気がつくともう家で忍はぶつぶつ文句を言いながら、篤史を部屋まで連れてきてくれた。

どさりとベッドへ下ろされ、篤史は「うーん」と身じろいだ。

「大丈夫か？　気持ち悪いか？」

額に手を当てられ、うっすらと眼を開けると廊下から射しこんでくる光に照らされて、忍の甘い顔が間近に見える。それが嬉しくて、篤史は小さく微笑んだ。

「……幸せそうだな。酔っ払い」

呆れてため息をつかれても、篤史はクスクスと笑いがこみあげてきた。忍が近くにいてくれるのが、嬉しい。

「水持ってくるぞ」

そう言って立ち上がろうとした忍の腕を摑み、篤史は無意識に引き留めていた。

「……忍、前に本気で好きになった子いたって言ってたろ。あれって……どんな子？」

いつだったか、福山と二人でバーで会っていた時、言い争いになったどさくさで忍がそんなことを言っていたのを、篤史は忘れていなかった。心の片隅で、ずっとそれは誰だったのだろうと気にしていたのだ。

訊かれた忍は、一瞬戸惑ったように身じろぐ。それからふと真面目な顔になって、「なんでそんなこと、訊くんだ？」と言ってきた。

「……なんとなく。どんな子かなあと思って」

「いい子だよ」

忍の手が、寝転がっている篤史の額に伸びてきて、優しく髪を払われる。篤史は甘えるように、その腕に手をからませた。まだ、行ってほしくなかったからだ。

「いい子で、それで？　可愛い？　きれい？」

「……そんな派手な子じゃない。でも、可愛いよ」

「大人っぽい？」

「全然」

忍が、苦笑した。

「でも、しっかりしてるよ。しっかりしてるんだけど、ちょっとぬけてる。特に自分のことにはぬけてる。ナンパされてても気づかない。口説かれても分かってない」

「意外……忍ってもっと大人な人が好きだと思ってた。ほら、あの、福山さんとか」

本当か嘘か好みだと言っていたくらいだし、と思い出して篤史が福山の名前を出すと、とたんに忍が眉をしかめた。

「ふざけんなよ、誰があんな……。お前は、あいつには気をつけろ」

「福山さん、いい人だよ。大人だし、優しいし、穏やかで……」

言ううちにだんだん忍の顔が険しくなっていったが、篤史は頭の中がふわふわしていて、それに気づけない。酔ったせいで口が軽くなり、気がつくと「でも」とつけ足していた。

「……俺は、忍のほうが好きだけど」

好き、という言葉を言った時、自分の言葉に自分でドキドキした。酒のせいでかすんだ視界の中、ほんの一瞬、眼を見開いた忍の姿が映った。

「はいはい。ありがとな。酔っ払いからでも褒められると嬉しいよ」

けれど忍は軽い口調で言って、篤史の額をぺちん、と音たてて叩《たた》くと、そのまま立ち上がろうとした。その時、篤史は再び手を伸ばした。忍の腋《わき》の下から、服にしがみついて抱きつく。

体勢を崩した忍の大きな体が、篤史の上に落ちてくる。

「篤史……」

忍が、声を上擦らせている。篤史はぎゅっと、忍の背中を抱きしめた。

「もうちょっと、ここに」

いてよ。言いかけた声が、消えた。刹那《せつな》、篤史を見下ろしていた忍の眼が揺らいで、篤史は忍に、口づけられていたから。

「……んっ」

それは、むしゃぶりついてくるような口づけだった。忍の舌が篤史の歯をこじあけて、喉の奥まで入り込み、舐め回してくる。何度も角度を変え、深く激しくキスをされているうちに、篤史は体の芯《しん》が熱くなり、甘い声が出てしまう。

「ん、ん、ん……忍……、あ……、ん」

酔って思考が回らない。今なにが起きているのか、忍がどうしてキスをしてくれるのか、篤史にはよく分からなかった。ただ唇を離した忍が、小さな声で「くそ」とうめいたのが聞こえた。

頭を抱き込まれ、キスをされながら、篤史はびくんと震えた。突然シャツをたくしあげられて、滑り込んできた忍の手に乳首をつままれたのだ。小さな突起は捏《こ》ねられるとすぐに硬くなり、もどかしい快感が下腹部に集まってくる。一度しか触られていないのに、その一度の快感の記憶が戻ってくると、乳首を弄《いじ》られただけで篤史の性器はすっかり勃ちあがり、ズボンの中が、先走りでぬるぬると濡《ぬ》れ始めた。

「あ、……あっ、忍。ん、あ」

耳元で、忍が「篤史」と呼んでくれる。呼ばれるたび、篤史の快感は深まった。今度は間違いではなくて、忍は篤史自身を触ってくれているのだと、思うせいだ。

そのうち、どこか焦ったような手つきで、忍が篤史の前をくつろげ、性器を取り出す。握られると、篤史はびくんびくんと腰を揺らしてしまった。

「ひゃ、あ……っ」

先端をくるくると撫でられ、篤史の体から力がぬけた。忍はまるでなにかに急《せ》かされているように篤史のズボンと下着を取り払い、足を持ち上げてくる。

「あ、や、忍……っ」

篤史はまっ赤になって震えた。膝頭を折り曲げられて胸につけられると、後ろの窄《すぼ》まりまで丸見えになってしまう。廊下から漏《も》れてくる光が、ちょうどその部分を照らし出していることを、篤史は感じていた。忍が、篤史の上でごくりと喉を鳴らすのが聞こえた。

「篤史、ごめんな。ここ、持って……すぐ終わるから」

上擦った声で言う間も、忍は篤史の乳首を捏ねくってくる。篤史は「あ、あ」と喘《あえ》ぎながら、わけも分からず、言うとおりにした。自分の膝を抱えて、体育座りのような格好で仰向けになった姿勢。そして忍は自分のズボンのジッパーを下ろすと、篤史の性器に、自分のそれをぴたりと押し当ててきた。太股と太股の間に、忍の太く硬い性器が、ぬるり、と入り込んでくるのを感じる。それは篤史の性器も擦っていき、篤史はひくん、と揺れた。

「あ、あ……なに、あ……っ」

忍の体重が、膝にかかる。と、空いた手で、忍が篤史の窄まりを撫で、先走りの蜜《みつ》で濡れそぼったその後孔《こうこう》へ、指を一本、潜らせてきた。

「あ……、ひゃ、んっ」

忍の指は中でくいっと曲がり、以前篤史がおかしくなるほど感じさせられた場所を、まるでハッキリと覚えているかのように、的確に突いてきた。そこを擦られると、体ごと宙にふわっと浮く時のような、えもいわれない快感に何度も襲われる。篤史はふるふると震えながら、いつしか、あられもなく声をあげていた。

「あっ、ああっ、や、あ、ひゃ、んっ」

やがて中の一点をくにくにと押しながら、忍がゆっくりと腰を動かしてきた。性器を性器で擦られ、それが中の快感と一緒くたになって、篤史は顎《あご》を仰《の》け反《ぞ》らせた。

「忍……、だめっ、あっ、あっ、あ……あー……っ」

忍が小さくうめき、ごめん、と言った。

「ごめん。……ほんとに、ごめん」

巧みな忍の指に、篤史はとうとう昇りつめていた。太股をぎゅっと閉じて忍のものを締めつけると、忍の杭もまた精を吐き出す。二人分の白濁が、篤史の胸にまで飛んでくる。

快感の残滓《ざんし》に体は細かく震えていた。膝をゆるゆると解くと、中から忍の指も抜けていく。篤史は覆い被《かぶ》さる忍の顔を見ようと、眼を開けた。忍はどこか呆然としていた。篤史を見下ろす眼の中に、傷ついたような色がある。

（……忍、なんでそんな顔、してるんだよ？）

そう問いかけたくて、けれど篤史は酔いと、果てた疲労とで、抗《あらが》いがたいほどの深い眠気に襲われていた。忍が眉を寄せ、また「ごめん」と言ったのが聞こえた。

（俺、嫌じゃなかったよ……）

嫌どころか——その先を言いたいのに、言えない。気がつくと篤史は眼を閉じて、夢も見ない泥のような眠りの中へ、深く深く落ちていくところだった。


週明けの月曜日、久代は元気になって退院した。細菌感染は免疫力の低下によるものだが、久代は栄養失調にもなっていたらしく、医者からは「ちゃんと食事をとるように」と厳しく言われたらしい。

「これからは、あっくんと同じ時間に食事とるようにするよ」

と、久代に言われて篤史は嬉しかった。

けれどその月曜から、忍は家に戻らなくなった。仕事が忙しく深夜残業が続くので、しばらくは忍の会社の近くに一人暮らししている因幡の家に泊まることにした、と連絡を受けて篤史は内心落ち込んでいた。

土曜日の夜、酒を飲んで酔っ払った篤史は、忍と離れたくなくて誘うようなことをしてしまった。誘った、のだと思う。あれは。そんなつもりはなかったけれど、そうなってもいいと、心のどこかで思っていた。

(だから悪いのは俺だったのに……)

忍は、そんな篤史に嫌気がさしてしまったのかもしれない。なんとなくそんな雰囲気ではなくて、あの夜以来忍とまともに話せず、あの晩のことを忍がどう思っているのかは分からない。けれど、篤史の脳裏には眠りに落ちる直前に見た忍の苦い後悔の表情だけが返ってくる。

(久代さんを裏切るようなことさせた俺のこと、軽蔑したのかな……)

忍のことを想う時、いつも一緒に久代への罪悪感が募ってくる。

「一ノ瀬、結局、進路希望どうしたんだ?」

うららかな五月の空を見上げながらぼんやりと忍のことを考えていたら、不意に白井《しらい》にそう訊かれて篤史は我に返った。

昼休みの時間、サッカー部の野波《のなみ》は部活のミーティングに出てしまったので、篤史は白井と二人で校庭で弁当を食べていた。

「えっと……就職のままだけど」

「やっぱり進学しないのか。本当にそれでいいの? お前」

白井の言葉に、篤史は曖昧《あいまい》に笑った。教師からも、もう耳にたこができるほど言われている。

そのたび言い訳をするのも煩《わずら》わしくなっていた。

するとと白井が、小さくため息をついてパック入りのカフェ・オレをストローで啜った。

「……まあお前が、決めたことならいいけどな。でもさ、一ノ瀬。お前もっと、物分かり悪いほうがいいんじゃないか？」

「え？」

思わず、篤史は顔を上げた。白井がこんなふうに、突っ込んだことを言ってくるのは珍しい。

「なんだよ」と訊き返され、篤史は「いや……」と一瞬口ごもった。

「なんか、お前が俺にそういうこと言うこと、あんまりないからさ……」

「べつに。いつも思ってるよ。ただお前、もともと俺にも野波にも全然甘えないじゃん」

「それは白井と野波もそうだろ？」

篤史はつい笑ってしまう。お互いに甘えあわない、自立した関係だから篤史は二人と一緒にいられるのだ。けれど白井は「そうでもないよ」と言ってきた。

「お前がそう思ってるってだけ。俺も野波もみんな、そこそこ甘えあってるし……お前にも、もっと甘えてもらいたいって思ってるよ」

意外な言葉に、さらに驚く。男同士で甘えるなんて気持ち悪い、と茶化そうかと思ったが、そんな雰囲気でもないのでやめる。白井は飲んでいたカフェ・オレのパックをつぶし、篤史のほうへ向き直ってきた。

「一ノ瀬さ。遠慮もいいけど、ちゃんとぶつかる時には本音でぶつかっとかないと、大事なものの失うことになるぞ」

——大事なものを、失うことになる。

その言葉は篤史の胸に、まっすぐに痛く鋭く、刺さってきた。

「子どものうちしか言えないワガママってあるんだからさ」

白井がそう言い、伸びをしながら立ち上がる。校舎から、予鈴の音が響いてきた。

篤史の瞼の裏には、忍の姿がちらついた。

(似たようなこと、前に、忍にも言われたっけ……)

もっと甘えろ、と。あれが忍の優しさなら、忍は本当は自分のことをどう思っているのだろう、と篤史はまた考えてしまう。

「一度、謝ろうかな」

ぽつりと呟くと、白井が不思議そうに振り返る。

もしも次、忍と会えたら、謝ろうかと篤史は思う。好きだとは言えないけれど、とにかくこれまでのことを一度きちんと謝ったら、忍が自分を疎んでいてもいなくても、渡会の家にいられる限り、つながりは持っていられる。篤史はぼんやりと、そう考えていた。

その日は午前中で授業が終わり、午後、帰宅した篤史は、戻ってくるや家の前にトラックが一台、停まっているのに気がついた。不思議に思いながら家に入ろうとした矢先、作業着を着た男たちが、手に忍のベッドや本棚を持ってどやどやと出てきた。

（え……なに？　なにが起きてるの？）

篤史はぎょっとした。彼らは家から出してきた荷物を、どんどんトラックに積んでいる。

「忍、忍帰ってんの？」

玄関に忍の靴があるのを見て、篤史は慌てて家の中へ入った。二階の、忍の部屋のほうからばたばたと音がする。そしてまた、見知らぬ男たちが荷物を運び出していく。

「お、篤史。お帰り」

と、台所のほうから呑気な様子で忍が顔を出した。篤史は息を呑んだ。なにが行われているのか、もう訊かなくても大体分かったけれど、それでも認めたくなくて怖々訊いた。

「し、忍。なに？　なんで忍の荷物、運んでるの？」

「ああ、会社の近くにいいマンション見つかったから、そっちに引っ越すことにしたんだ。すぐ入居できるっていうから、お任せパックでちゃちゃっと越そうかと思って」

忍は屈託なく笑い、手に持っていたせんべいをかじっている。篤史は頭のてっぺんから、すうっと血の気がひいていくような気がした。ショックで、声も出なかった。

「……な、なんで。なんで急に、出てくの？」

震える声を隠す間もなかった。忍はそれに気づいているはずなのに、気づかないような顔で、「前から考えてたんだよ」と、言う。

「働いてる人間が、いい歳していつまでも実家にいられないなって。でもお前もまだ高校生だしって思ってたんだけど……俺がいても、仕事から帰るのも遅いし、篤史にも、気を遣わせてばっかりだから」

(俺のせい……？　俺をまた、抱いちゃったから？)

口にはしなかったけれど、そう思った。忍は眼を細めて微笑み、まるで篤史の心中を察したように「違うよ。そっちのほうが便利だからってだけ」とつけ足した。

「仕送りは今度から口座に入れるから。……篤史、ちゃんと久代になんでも言えよ」

優しい、諭すような口調になって忍が篤史の頭を撫でてくる。けれど篤史には、なにがなにやら分からなかった。あまりに急すぎて、展開についていけない。

「それからさ、これ」

忍がなにか小さな紙切れを差しだしてきて、篤史は受け取った。見ると、それは一枚の名刺だった。名刺には、『銀座《ぎんざ》画廊イズム　オーナー　福山《ふくやま》　瞬《しゅん》』とある。

「これ……福山さん？　あの、バーで会った……」

「話聞いてみたら、あいつ銀座で画廊をやってて、久代のファンなんだと。どうも絵のことで、久代と会ってただけみたいだ。今度、福山の画廊で久代の個展をやるんだってさ」

篤史はハッとした。つい先日の夕飯の席で、久代もそんな話をしていた。

「忍、これも持ってったら？　去年お歳暮でもらったお茶のセット」

台所から出てきた久代が、手に大きな箱を抱えてきた。久代は忍の引っ越しを知っても驚かないのか、いつもどおりのんびりしている。

「久代、お前、相変わらずシャツが絵の具だらけだぞ。明日また、福山さんと会うんだろ」

「あれ、よく知ってるね、忍。知り合いだったっけ？」

篤史はギクリとしたが、忍は「バーでたまたま」と適当に話を合わせている。久代もおかしく思わないのか、さほど追及もせず「世間て狭いねえ」などと言っている。

「大丈夫だよ。ちゃんとスーツ買ったもの。僕のファンだって、個展開きましょうなんて言ってくれる人なかなかいないから、嫌われないようにしなきゃ」

心の底から幸せそうに、久代は頬を染めて微笑んだ。つまり――久代の福山への感情は、恋愛感情じゃなく、ただ絵を好きになってもらえたから、というだけのことだったのか。ファンを失いたくなくて、『好感もてる？』と気にしていただけらしい。

（それで、モネなんて……。あの人、絵に詳しいわけだ）

こうなると一つ一つのことが、すべて意味を持ってつながっていく。呆然としている篤史をよそに、忍がお茶より洗剤のセットをくれと言い、久代が「はいはい」と探しに行ったので、篤史はまた忍と二人きりになった。

「……ちょっと。ちょっと待って。福山さんのことは置いておいて、なんで急に出ていくの？もし、俺のせいなら……」

そう言いながら、篤史は気がつくと忍の腕にすがっていた。

嫌だった。せっかく好きなのは久代ではなく、忍だと気がついたのに、出て行かれてしまう。たとえこの恋は叶《かな》わなくてもいい。叶わなくていいから、離れたくない――。

（もう、抱いてほしがったりしないから）

出て行かれてしまったら、篤史と忍のつながりは今よりずっとずっと希薄になってしまう。素直になれなくて、忍には憎まれ口ばかり叩いてきた。せめてもう少し、好かれる努力がしたい。

行かないで。声には出せないけれど、ただ想いだけはこめて必死に忍を見上げた。自分でも、眼が潤むのが分かった。忍はけれど、ただ小さく微笑んだだけだった。

「でもお前、俺がいなくなったらチャンスだぞ。久代と二人きりなんだから」

どこか茶化すような忍の口調。忍は自分と久代を、まだくっつけたいと思っているのか。そう思うと、篤史の胸は痛み、気持ちが沈んだ。

「考えたんだよ。……俺がお前にしてやれる償いって……離れてやることかなって」

「……そんなこと」

そんなことない。そう思ったのに、声がかすれてうまく言えなかった。

償い、という言葉が重たく、篤史の胸の中に引っかかったからだ。忍が優しいのはすべて、篤史を抱いた夜のことを後悔しているからだろうか。出て行かないで、そばにいて、と言えばそうしてくれるかもしれない。けれどそれもただただ、忍がそうしたいからではなくて、篤史のための償いだと言われてしまったら……。

(忍は、俺のそばにいなくても、平気なんだ……)

考えてみれば、以前からそうだった。忍はいつも篤史より、彼女のところへ行ってしまった。篤史はこの家の中で待っていただけで、そしてもう、待つこともできなくなる。

玄関のほうから、「渡会さーん、出発しまーす」と声がする。

「あ、はい。すぐ追いかけます。じゃあな、篤史」

けれどあんまりにもあっさりと出て行こうとした忍の服の裾を、篤史は無意識に摑んでいた。

「まだ、洗剤のセット。久代さん探してるし。それに、あの、俺、手伝いに行くよ」

「いいよ、お任せパックだから全部やってくれるんだって」

「でも、それなら、あ、それじゃあ、おかず持ってって。昨日の余ってるから」

「今日この後会社に戻るんだよ。夜は帰れないだろうから、また今度家に食べに来るよ」

「でも、でも、そうだ、タオルとか持った？　まだ新品のもあるし……」

「篤史」

忍が、苦笑した。困ったような眼で不意に腕をひかれ、慰められるように緩く、抱きしめられた。

「ありがとう。大丈夫。もう俺のことはいいから、自分と久代のことだけ考えろ。な？」

忍の声は優しかった。それなのに、拒絶されたのだと篤史は分かった。腕を解いた忍が、膝を屈《かが》めて篤史の眼に眼を合わせてくる。

「……十一年間、本当にありがとう。お前がいてくれて、俺は毎日楽しかったよ。家に帰るのがいつも、嬉しかった」

（嘘だよ……）

そんなわけない。自分は久代には素直でも、忍にはいつだって憎たらしかった。それに忍はいつだって、彼女のところに行ってしまったじゃないか。お願いしなければ、帰ってきてくれなくて……。

「頑張り屋で、しっかり者で、でも……淋しがりで。もういいんだよ。そんなに辛い思いして頑張らなくても、もっと久代に甘えなさい。お前はうちで一番、小さいんだから」

（こんな時だけ）

と、篤史は思った。こんな時だけ、どうして忍は兄のような顔をするのだろう――。

（行かないで）

眼の裏が熱くなり、体が震えた。

（行かないでよ、忍。ここにいて。俺、もっといい子にするから）

もう憎まれ口を叩いたりしない。もっともっと、忍に素直になるから。けれど忍は「じゃあな」と言って、あまりに呆気なく出て行ってしまう。ハッとして玄関まで追いかけたが、その時にはもうトラックのエンジンがかかっていた。

「忍、待って……」

つっかけを履いて、篤史は正面の道へ飛び出した。同時に、トラックが土煙をあげて走っていく。いつの間にか見送りに出ていたらしい久代が、トラックに手を振っていた。腕には洗剤の大箱と、白い封筒を一つ、一緒に持っている。トラックはまたたく間に小さくなり、やがて、家々の角に消えて見えなくなった。

——忍は、行ってしまった。

「忍、洗剤持たないで行っちゃった。これもらったんだけど、あっちの住所かなあ」

久代は呑気な声で、篤史に封筒を見せてきた。けれど篤史はなにも言えず、これ以上平気な顔もできなくて、台所へ駆け込んだ。一人になったとたん、涙がこぼれそうになる。

(もっとずっと、素直になってたらよかった……)

そうしたら、忍はそばにいてくれたかもしれない。そう思ってももう遅かった。忍の部屋は空っぽになってしまったし、もう、遅くなると電話をもらうこともないし、厭味《いやみ》を言われて怒ることもない。

そうなるとどうして、どうしてこれまで、もっと優しくできなかったのだろうと思った。

シンクの前に立ったとたん、鼻の奥がツンとなり、我慢していた涙がほんの一粒だけこぼれ落ち、洗いおけに張った水の中にゆらゆらと吸い込まれて消えていった。

七

忍《しのぶ》にフラれたのだ――という痛みは、久代《ひさよ》に好きな人ができたかもしれない、そう思った時の比じゃなかった。

夕方になり、夕飯の支度をしている間中、篤史《あつし》は何度か包丁で指を切った。切った野菜を見ても、なにを作ろうとしていたのか献立を忘れていた。

すると「あっくん。ちょっと、いい？」とアトリエにこもっているとばかり思っていた久代が、台所の椅子《いす》に座って声をかけてきた。

「なに？　お茶淹《い》れる？」

篤史は自分が落ち込んでいることを久代には気取られないように、わざと明るい声を出した。けれど久代はいつもとは違って真面目な顔をしていた。

「悪いけど、ちょっと座ってくれる？」

そう言われて怪訝《けげん》に思いながら、篤史も向かいに腰を下ろした。

「……これ、就職って、どういうことかな。あっくん」

ごく真面目な顔で久代が出してきた用紙に、篤史はぎくりとした。それは、篤史が何度も提出し直している進路希望票だった。備考の所に、『養父も承諾済みです』と、書き足しておいたそれを、なぜか久代が持っている。

「それ、な、なんで久代さんが……」

「さっき、出て行く直前に忍からもらったの」

篤史はハッとなった。ついさっきまで、久代が持っていた白い封筒のことが頭をかすめた。よく見ると進路希望票には付箋《ふせん》が貼《は》ってあり、忍の字で『学校の先生から借りてきました。篤史とちゃんと相談してみて』と、書いてある。

（忍、学校に来て、担任に会ってたってこと……？）

そんなことにはまるで気づかなかった。篤史は緊張し、肩を強《こわ》ばらせる。久代が心配そうに、篤史の顔を覗《のぞ》き込んだ。

「僕ら相談してないよね？　あっくん、進学するものと思ってたから、すごくびっくりしたよ」

言い訳が思い浮かばず、篤史は黙り込んだ。久代は普段絶対にしないような顔をしていた。責めるのとも怒るのとも違う、けれど真面目で、厳しい表情だった。

「……ね、どこか就職したいところが、具体的にあるの？」

「そういうわけじゃないけど……」

「じゃあ、進学でもいいんでしょ？　あっくん、今までずっと勉強頑張ってきてたんだから、特に決めたところがないなら、大学に行ってほしいって僕は思ってるんだよ」

なにを言えばいいのか分からずに、篤史はうつむいた。けれど久代は、答えを待っているように篤史に向けた視線を逸《そ》らさない。膝《ひざ》の上に置いた手が、少し震えた。

それとも他に、理由があるの？　と、久代がたたみかけてくる。

「うちの家にお金がないこと、気にしてる？」

篤史はすぐさま、首を横に振った。そうじゃない。

「じゃあ、どうして？　あっくん。ね、本当のこと言って」

久代の声は真剣だった。一分の嘘さえ見抜かれそうだった。そして――嘘をついてはいけないのだと、この時、篤史は感じた。

――本音でぶつからないと、大事なものを、失う。

次の瞬間、篤史は言っていた。

「絵を……絵を、描けるでしょ。俺が働いたら。久代さん、仕事やめて、絵だけ描けるでしょ。もう、俺のために頑張らなくていいでしょ。そうしてほしいだけ。それだけ」

久代が眼をしばたたく。

長い長い間、言わなかった気持ちの片鱗《へんりん》をほんの少し言ったとたん、篤史の胸は打ち震えた。声がかすれ、息が苦しくなった。それでも、篤史は続けた。

「——もうずっと、ずっと、ずっと思ってた。久代さんがお父さんと同じように、死んじゃったらどうしようって……俺のせいで。お父さんは、俺のせいで死んだから……」

そう言うと、久代が眉《まゆ》を寄せた。

「……どうしてそんなふうに思うの？　誰かが、あっくんにそんなこと言ったの？」

篤史は首を横に振った。振っているうちに、泣けてきた。子どものように——実際まだ、自分は子どもなのだと篤史は思ったけれど——泣けてきた。

「でも、そうなんだよ。お父さんはずっと働きどおしで、いつも疲れてた。俺がいたから……久代さんも慣れない仕事して、家に帰ったら家事をして、ずっと俺のせいで絵だけに集中できなくて……苦労させて」

「あっくん。それは違うよ」

久代が、身を乗り出してくる。

「違うよ、あっくん。あっくんがいたせいで頑張らなきゃいけなかったんじゃない。あっくんがいたから、頑張れたんだよ。僕も、一ノ瀬《いちのせ》さんもね」

力強い久代の言葉に、涙が止まらなくなる。泣き濡《ぬ》れた眼で、けれど篤史は顔を上げると、

「じゃあなんで……」と言葉を足した。

「なんで、俺だけ一ノ瀬のままなの？　十一年も一緒に暮らしてきたのに、なんで俺だけ、一ノ瀬のままなの？　いつでも、親戚《しんせき》のところに返せるようにしてるんじゃないの？　俺のこと、

本当は子どもだと思ってないから籍に入れてくれないんじゃ、ないの……っ？」

——言ってしまった。

この十一年、家の表札を見るたびに何度も何度も思ってきたことを。それでも、結局ただの一度も言わずに、胸の奥に秘めていたことを。

……訊《き》きたかったのは名前のことではなくて、久代の気持ちだった。

久代が自分を——愛してくれているのかということ。

久代の愛情は知っているはずなのに、ただ名前が違うだけのことで、どうしても確信が持てなかった。篤史は今、そのことを言ったのだ。そんなつもりはなかったのに、言葉尻《じり》は責めるようになった。考えてもみなかったのか久代は眼を瞠《みは》り、それからしばらく、無言になった。

ふと久代が立ち上がり、台所を出て行く。

怒らせただろうか？

不安になったけれど為す術《すべ》もなく座っていると、やがて久代が戻ってきた。手には、なぜだか見たことのない預金通帳を持っていた。

「これね。見てごらん」

預金通帳を渡されて、篤史は戸惑った。けれど表紙を見て、戸惑いは驚きに変わった。通帳に表示された氏名が、『一ノ瀬篤史』だったからだ。そっと通帳を開くと、最初の記載は篤史が生まれた年で、そこから毎月のようにお金が振り込まれ、ところどころ途切れつつも、最後の記載日はつい先月だった。残高は、篤史が想像したこともないような金額だ——多分、大学の四年間の学費に相当している。

「……これ」

「一ノ瀬さんが、あっくんが生まれた時から続けてた学資貯金だよ。一ノ瀬さんが亡くなられてからは、僕が引き継いでずっと、貯めてきたんだ」

篤史は声もなく、久代を見つめた。

(こんなに?)

十八年間。最初の七年は父が。後の十一年は久代が。

生活が苦しく高い画材を買うのも困難な中で、どうやって毎月、貯めておいてくれたのだろう。それは想像するだけでも、とても大変なことだったと分かる。

一度引っ込んでいた涙が、今度は違う意味でまた、じわじわと目頭に浮かんでくる。

「あっくん」

久代は微笑《ほほえ》んでくれた。それはこの十一年、いつでも篤史を慰めてくれた、愛情深い笑みだ。

預金通帳の上に、篤史の涙がぱたぱたと落ちる。

「……あっくんを初めて連れて帰った日、あっくんは抱いて帰る僕の腕の中で、泣き疲れて眠っちゃったんだよ。すごく小さくてね」

大事にしようって思った、と、久代は言った。

「そのためなら、なんにも怖くないって思った。なんでも、できるって思った。なんにも辛《つら》くないって。むくむく力が湧《わ》いてきたんだ。……ね、親の愛ってすごいんだよ。でも、それ以上に、子どもが親にくれるものってすごいんだよ」

篤史はもうなにも言えなくて、ただこくりと頷《うなず》く。

「あっくんが家に来てくれて、楽しいことばっかりだった。大変だったけど、今考えたら全部楽しかったよ。忍とあっくんが、いてくれたもの」

篤史はただ、こくりこくりと頷く。我慢しているのに、知らず、しゃくりあげる。

「……名前のことはね、あっくんが二十歳になったら相談しようって思ってた。勝手に変えたら、一ノ瀬さんから取り上げたみたいだし。それに僕も父親として、一ノ瀬さんに負けたくなかったから。ちゃんとあっくんを一人前にしてから……って気持ちもあったし」

照れたように言う久代が、「もう本当の家族だって思ってたから」と、つけ足す。

「だから名前のこと、気にしてなかった……。ごめんね」

久代の手が伸びてきて、篤史の手を握ってくれる。篤史は首を横に振った。

どうしてほんの少しでも、この人の気持ちを疑ったのだろう？　けれどそれも、訊かなければ分からなかったこと。

心のどこかでいつも、自分の存在が浮き草のようになににも根付かず、一人ぼっちで生きているような気がしていた。それはきっと篤史の孤独だったのだろうけれど、今初めて自分の存在が、地に着いたように感じた。自分はこの家の人間で、家族なのだと思えた。

(俺がいても、よかったんだ……)

もしかしたら父にとっても、そうだったのかもしれない——。

「名前、あっくんが気にしてるなら、すぐに渡会《わたらい》になる？　それでもいいんだよ」

優しく言ってくれる久代へ、篤史はけれど頷けなかった。もう嘘もつけなくて、篤史は「できないんだ……」と嗚咽《おえつ》まじりの声で言った。

久代が不思議そうに、眼をしばたたく。

渡会になりたい。渡会になって、久代とちゃんと家族になりたい。けれどできないと、篤史は思った。

「俺、久代さんを裏切ってるから……」

——篤史は久代の実の息子、忍のことが好きだ。そのうえ、忍に抱かれた。一度は、自分から誘ったような形になった。酔って忍に抱きついた時、そこまで考えたわけではなかったけれど、そんなつもりが一ミリもなかったと言えば嘘になる。

それは久代への裏切りだと思う。それなのにちゃんと子どもにしてほしいなんて、とても言えなかった。もうこれ以上ごまかしてはいけない気がして、篤史は正直にそのことを話そうと思った。話して、許してくれるまで謝ろう、と。けれど怖くて、すぐには言葉が出なかった。うろうろと切り出す文句を探していたら、ふと、

「裏切ってるって……忍のこと？　あっくんも、忍のこと好きなの？」

と、久代があっさり言ってきたので、篤史は瞠目《どうもく》し涙も引っ込んでしまった。なにを言えばいいか分からず固まると、久代は長く細く、ため息をついた。

「……はあ。とうとうあっくんも、忍のこと好きになっちゃったんだあ。そうなったらもう、認めるしかないか」

なにやらよく分からないことを言うと、久代は心配そうに篤史を見つめてきた。

「でも、忍ってば急に出て行っちゃったけど、ちゃんと好きって言われた？」

「ひ、久代さん……っ」

眼の前で聞いているのに、久代の言うことがあまりに想像と違って篤史は動揺する。けれど久代はいたって平静な顔で、きょとんとしていた。

「ひ、久代さん、な、なんでそんな平然と話してるの？　あの、あの、俺、久代さんと血のつながった忍を、好きになっちゃって」

「うん。だからその話でしょ。分かってるよ。最近のあっくん見てたら、分かるよ」

篤史は言葉を失った。震える声でかろうじて「ど、どうして」と訊くと、久代は仕方なさそうな笑顔で、「親だからね」と言った。

「親だから、分かるよ」

信じられなかった。普段鈍感で、絵のこと以外はなにも気づいていないように見える久代に、自分の気持ちが見抜かれていたなんて。――この人は、篤史が思うよりずっと子どものことに敏《さと》い人なのかもしれない、と思う。

「――お、怒らないの？　お、おかしいでしょ、こんなの」

「……う－ん。おかしいかどうかは置いておいて、正直複雑ではあるけど……でも、二人がいつか両想いになっちゃったら、その時は認めようって決めてたんだよ。親だから……世界中が敵になっても、僕だけは味方でいてあげなくちゃな……って」

微笑まれても、篤史はどうしていいか分からないくらい驚いていた。

「まあ忍があっくんを好きなのは知ってたけど、あっくんが忍を好きになるかは分からなかったからねえ。忍には悪いけど、フラれたらいいのに……って思ってた節もあるし……」

「な、なに言ってんの、久代さん。お、俺は忍が好きだけど、忍は違うよ」

「なに言ってるの、あっくん。忍はあっくんが大好きだよ」

なんの疑いもなく断定されて、篤史は逆に戸惑ってしまった。

「それはないよ。だって忍、いっつも彼女いたし」

「あんなの、あっくんを忘れようとして悪あがきしてただけだよ。見てたら分かる。だって忍、いっつもあっくん優先だったもん。それでフラれてたんだと思うよ」

まさか。篤史は眉を寄せた。

「だって誰と付き合ってても、家に帰らない日はなかったでしょ」

そういえば——そうだった。忍はほとんど、外泊をしたことがない。けれどそれくらいで自分が好きだとは、やはり思えない。

「なんかこじれてるみたいだなあって思ってたけど。忍はどうせ、あっくんしか好きになれないんだから、あっくんも忍が好きなら、ちゃんとその気持ち言ってみたら？」

そう促しながら、やはり久代は複雑なのか深々とため息をついていた。

けれど篤史には、とても久代の言葉を素直に受け取ることができなかった。久代はきっと勘違いをしている。

（だって、抱かなきゃよかったって……言われてるし）

そう思ったけれど、心のどこかでは、一度くらい告白してもいいのかな、とも思った。

どうせこのままどんどん離れていって、本当の他人になるくらいなら。久代に今日そうしたように、自分の本音をぶつけてみたっていいのかもしれない。

（俺はまだ、子どもなんだし……）

いつかきっと大人にならなければならない時はきても。今はまだ、子ども。

それなら少しくらいのワガママも、許されるだろうか？　本当は忍の本心は、結局のところなにひとつ分からないままだ。

（俺が好きだって言ったら、忍はどう思うんだろう。……受け入れてくれなくてもいいから、せめて忍の本当の気持ちが、聞けたら）

篤史はそう考えたけれど、今すぐ告白をするほどの勇気は、やっぱりまだ持てなかった。

五月も下旬になり、篤史は久代と話し合って就職をやめ、家から通いやすく比較的学費の安い私立大学へ志望を変えることにした。学校のクラス担任は喜んでくれたし、白井《しらい》と野波《のなみ》に報告したら、二人もホッとした笑みを浮かべた。それから二人に今まで黙っていたけど、と前置きして今の父親が養父なこと、一人だけ姓が違うことを明かしたら、白井も野波もあまり驚かず、「どうりで、しっかりしてると思った」と、言っただけだった。

(俺って……本当はなにも、見えてなかったのかも)

篤史はようやく、そのことに思い至った。自立した関係、なんて思い込んでいたのは自分だけで、本当は二人ともとても心配してくれていたのだろう。家の中のことばかりに眼が向いて、こんなふうにそばで心配してくれていた友人たちに気づけなかった自分が、ほんの少し情けなかった。そして、野波と白井と友達でいられることを、嬉《うれ》しく思えた。二人と一緒にいるのは、それぞれ自立しているからじゃなくて、友達としてただ、好きだからだと思い直すことができた。

肩肘《かたひじ》を張っているつもりはなくても、どこかで無理をしていたのかもしれない。遠慮をやめてなるべく素直に気持ちを言うようになってから、篤史はちょっと楽になった。久代がアトリエにこもって食事を忘れていれば、ご飯を食べて欲しいとも、ごく自然に言えるようになった。

そして忍には、大学へ行くことにした、と一時間も悩んでメールを作り、報告だけじゃなく最近あったことなども書き加えて送った。それなのに、忍からの返信は、『そっか。よかったな。頑張れ！』というだけの、あっさりしたものだった。

それに、篤史は拍子抜けした。

（……やっぱり久代さんの勘違いだよ。忍が俺のこと好きなわけない）

忍は自分に、興味なんてないのだろう。

もしかしたらもう、新しい恋人ができたかもしれない。いや、きっとそうに違いない。

けれど篤史は、それに文句を言える立場でもない。

（だって結局、他人だもんな、俺）

金曜日、学校が終わった後に白井に誘われて都心の予備校の説明会に参加した篤史は、その帰り道で忍からもらったそのメールをまた読み返しては一人、ため息をついていた。と、その時、電話が鳴った。見ると久代からの着信だ。

『あ、もしもしあっくん？　今日言い忘れてたんだけど、ゼミの子たちとの懇親会だから、夕飯要らないんだった』

ゼミというのは、久代が専門学校で特別に担当して教えている生徒のグループだ。

「あ、ほんと……？　じゃあ、食べて帰ろうかな。まだ都心にいるし」

そう言うと、しばらくして久代が、『忍に電話してみたら？』と、言ってきた。

「え……っ」

『ずっと会ってないでしょ。電話してごらんよ。あっくんが今いるところからだと電車で近いし、もう会社も定時過ぎてるんじゃない？　僕としても忍がどういう生活してるか気になるから、一度、部屋を見てきてくれたら助かるんだけど』

「で、でも……」

『仕事も落ち着いてる頃でしょ。外で奢《おご》ってもらってもいいし、家に行ってなんか作ってあげてもいいんじゃない？　ね。行っておいで』

久代は勝手に言いつけると、さっさと電話を切ってしまった。

（そ、そんな上手《うま》くいくわけない）

そうは思うが、たしかに久代の言うとおり、今この場所からなら忍のマンションはほど近い。

（それに、久代さんも言ってたけど、忍一人でどういう生活してるかは気になるし……）

器用な忍のことだ、掃除も料理もきちんとやっているだろうから心配はしていないが、それにしても久代が気にしているなら見に行ってもいいかな、という気がした。なにより単純に、篤史は忍に会いたかった。

数分迷ったあげく、篤史はとうとう、意を決して携帯電話の電話帳メモリーから『忍』の番号を呼び出し、えいやっと通話ボタンを押した。

（か、かけてしまった……）

コール音が鳴りだすと、篤史は急に緊張して胸が激しく脈打つのを感じた。忍はなかなか出てくれず、十五回目のコールで、もう切ろうか、と思った時、

『もしもし？　篤史？』

と、電話口から聞こえてきた声に、篤史は心臓が飛び上がりそうになった。

そして同時に――泣きそうになった。

それは数週間ぶりに聞く忍の声だった。懐かしい声。篤史の名前を呼ぶ、低い穏やかな声。聞いただけで突然、胸がいっぱいになった。

（忍……。忍、忍だ。忍）

会いたい。会って話がしたい。笑顔が見たい。少しでもいい、触れてほしい――。

激しく熱い想いが、怒濤《どとう》のように胸に溢《あふ》れた。気持ちが心の受け皿からこぼれ、感極まって、一瞬言葉が出なくなる。自分はこれほどまでに、忍が好きなのか、と篤史は思い知らされた気がした。

『篤史……？』

そっと呼ばれて、ようやく、篤史は我に返った。声が上擦《うわず》らないように精一杯気をつけながら、「あの、元気？」と、それだけ口にする。

『元気だよ。どうした？』

まだ会社なのか、忍の声は少し素っ気ない。自分のように懐かしんではいないらしい忍へ、気持ちの温度差を感じて篤史はわずかに落胆した。

「……どうしたっていうか……。あ、今まだ会社？」

けれど予想外に、忍は家だと言った。どうやら仕事が終わって、もう帰っているらしい。そのことで、篤史の気持ちは再び浮上した。

「あのさ、そしたら、今から忍の家に行っていい？　近くにいるんだ。今日久代さんも遅いから、一緒に夕飯食べようよ」

ついつい、声が弾《はず》んだ。

——そっか、いいよ。道分かるか？

忍なら、きっとそう言ってくれる——篤史はどうしてか、そう思い込んでいた。ところが、忍はどこか不機嫌そうに訊いてきた。

『お前、近くってどこにいるんだ？』

「……どこって。銀座《ぎんざ》だけど」

言うと、電話の向こうで忍に『銀座ァ？』とイライラした声を出される。

『そんな街からはさっさと帰れ。危ないから。絶対寄り道するなよ。他のやつとも会わずに、帰ってメシ作って食べなさい。あと、今日は家には呼べないから』

（え？）

あまりに冷たい反応だった。篤史は呆然《ぼうぜん》とした。

(……なに？　なんで——俺、拒まれてるんだろ)

ショックだった。何週間も会っていないのに、やっと久しぶりに声が聞けたのに、この仕打ち。迷惑そうな忍に、違和感さえ感じた。

(もしかしたら、新しい彼女ができてて……今、家にいるのかも)

ありえないことじゃない。いや、普通に考えたらそれが一番ありえそうだった。

泣きたいほど傷ついているのに、あまりのことに涙も出ない。陽が落ちた後の風が、冷たく篤史の頰《ほお》を打って抜けていく。

(忍が俺を好きなんて……やっぱりないよ。久代さん)

分かっていたのに、どうして傷ついているのだろう。もう、忍と前のように過ごせることはないのかもしれない。

「篤史くん？」

その時、ふと風に乗って名前を呼ばれ、篤史は振り向いた。人通りの多い街路で、篤史を呼んできたのは、銀座の画廊のオーナーだという福山《ふくやま》だった。今日もまたモデルのようにすらりとした体に、ぴったりとしたデザインスーツを趣味よく着こなしている。

「ふ、福山さん」

そのとたん、電話の向こうで忍が『福山？　おい、篤史、今、福山って言ったか？』と声を荒げるのが聞こえた。けれど篤史は最後に会ったバーで、いきなりやってきた忍に連れ出されたために、きちんと挨拶《あいさつ》もせずに別れたのだと思い出して、とりあえず福山に頭を下げた。

「お久しぶりです。この間は、本当にすいませんでした」

すると福山が、おかしそうに笑った。

「お兄さん、血相変えてすごかったね。ごめんね。実はあの後、渡会先生から聞いたんだ。篤史くん、渡会先生のお家で暮らしてるんでしょ？」

篤史は頬を染めて、もう一度すみません、と繰り返した。福山の言い方から察するに、きっともう、あの時の魂胆がばれているのだろう、という気がした。

『おい、篤史。福山にかわれ』

電話の向こうで忍が言う。どうしよう、と思っていると、福山が「せっかくだから、もし今暇なら、うちの店に来ない？」と、言ってきた。

「この近くなんだ」

その声にかぶせるように電話口で『篤史！』と忍が怒鳴った。けれどそれと同時に、通話が切れてしまう。見ると、篤史の携帯電話の電源が落ちていた。電池そのものが切れたらしく、福山に「電話、大丈夫？」と訊かれたけれど篤史は慌てて携帯電話をしまった。

「あ、はい。もういいんです……あの、忍、最近はバーに来ますか？」

「うん？　最近は全然だね」

福山はあまり関心がない顔で、肩を竦《すく》めている。あまり来ない、と訊いて篤史は少しだけホッとした。少なくとも、忍と福山が付き合っていることはなさそうだ。

（って言っても、他にいくらでもいるだろうけど。忍のことだから……）

今だってそのせいで、拒まれたのかもしれないし。

「ねえ、それより、本当に店まで来ない？」

福山が首を傾《かし》げて、微笑んだ。

「きみにずっと、見せたいものがあったんだ」

それから十分後、篤史は福山が所有している銀座のビルへ連れていかれた。

銀座のメインストリート沿いにあるその小さなビルは一階が画廊で、二階から上が倉庫や居住スペースになっていた。

「祖父の持ち物だったんだけど、僕が絵を好きだったから、僕がもらえたんだよ」

と、福山は話してくれた。画廊は夕方五時閉店で、篤史が着くともう閉まっていた。薄暗い中に、ぼんやりと浮かび上がる絵の数々はほとんどが現代画家の描いたもので、久代が作品を出す展覧会などには必ず観に行く篤史も、名前を知っている人が何人かいた。

「篤史くん、こっちに来てみて」

二階から福山に呼ばれ、篤史は店の奥にあった急勾配《きゅうこうばい》の階段を上がった。二階には大小様々な絵が整然と収納され、久代のアトリエと同じ、鼻につくテレビン油の匂《にお》いがした。

「……きみに見てほしいっていうのは、これ」

部屋の片方の壁にずらりと並べられたキャンバスや額を見て、篤史はハッと息を止めた。

それは――どれも、淡い色合いの、優しげな絵だった。

淡いけれども、陰影は濃く青い……。額の右下に、小さく描かれたサインを、篤史は知っていた。サインは、一ノ瀬。それは、父の絵だった。

「……実は僕ね、渡会先生だけじゃなくて一ノ瀬先生のファンでもあって……」

学生時代に、何度となく父と久代の共同展を観に行った福山は、画廊のオーナーになってから篤史の父が夭折《ようせつ》したと知り、あちこちに散らばっていた作品を根気よく集めてきたと話してくれた。

「篤史くんに会った時、懐かしいと思ったのは、多分この絵のせいだと思うんだ」

そう言って、福山が示したのは片手でも持てそうなほど、小さな絵だった。額にも入っていない、張りキャンバスのままの絵には、一人の男の子が描かれていた。絵を見る者へ、満面の笑みを向けてくる男の子――それは、小さな頃の篤史だった。

「風景画しか描かなかった一ノ瀬さんが、唯一描いたたった一枚の人物画なんだよ」

(お父さん……)

福山に言われた時、不意に瞼《まぶた》の裏に、父の横顔が蘇《よみがえ》った。

疲れ切り、篤史のことを忘れて絵だけに没頭しているような顔——覚えているのはその顔だけだったはずなのに、篤史はその時、父の笑顔をハッキリと思い出した。篤史、と呼んでくれた、愛情に溢れたその声さえも。

「……渡会先生に聞いたんだ。篤史くんが、一ノ瀬先生の息子さんだって。それで、ピンときて……。篤史くん、この絵、もっと近くに寄って見てみて」

後ろからそっと肩を抱かれ、篤史は福山に誘導されるまま、床に膝をついてその絵を間近で見た。

「この左端。よく見て。ただのピンクの影に見える物。これ、篤史くんの手だよ」

篤史は眼を見開いた。重なりあった絵の具の下で、うっすらと輪郭を主張しているのは、小さな手形だった。おそらくは、篤史自身の——。

父はこれを、わざと残しておいたのだろうか？　篤史はもう覚えてはいない。けれど古く小さなアパートで、絵を描いていた父の横で幼い篤史が絵の具で遊び、キャンバスに手形を押しつけた……そんなことも、あったのかもしれない。

その時父は怒っただろうか？

それとも、笑っただろうか？　笑って篤史を、抱きしめてくれただろうか……。

この十一年、記憶の向こうに沈んでいた父の息づかいを、ふっと生々しく感じた。

……あっくんがいたから、頑張れたんだよ。僕も、一ノ瀬さんも。

耳の奥へ、久代の言葉が聞こえてくる。

「――お父さんが死んだ時、俺、ひこうき雲を追いかけてたんです」

気がつくと、篤史はなんの気負いもなく、福山に話していた。

「お父さんに、ひこうき雲を見て、見てって言って……」

見てほしかったのは本当は、自分だったのかもしれない。お父さん、見て。俺を見て。俺を好きでいて。そう言いたかったのかもしれない。

「……最期に見たのがひこうき雲なら、お父さんは画家として、幸せな一生を送ったね」

福山が、ふとそう言う。

「きれいなものを見てから、逝《い》けたんだから……」

「……そうですね」

不思議と、篤史もそう信じられた。父はきっと最期に、青空を駆けていく白い雲を見ただろう。どこまでもどこまでも伸びる、美しいひと筋の雲を。

顔を上げると、福山が見つめているのは絵ではなくて、篤史の顔だった。

「篤史くん……」

熱っぽい声で言いながら体を傾け、福山は手をとってきた。

「どうしてきみが忘れられなかったのか、分かった。きみは僕の憧《あこが》れそのものだったんだね

「……」

福山の眼差しがあんまり真剣で、篤史は身じろぎできなくなった。その時だった。

「福山！　お前、うちの子になにしてるんだ……っ！」

階段を駆け上がってくる騒々しい足音と一緒に、部屋に怒号が響き渡る。篤史がハッと顔を上げた瞬間、福山の体が横に吹き飛んだ。

「……し、忍？」

篤史は信じられない気持ちで、そこに立つ男を見た。たった今、福山を殴り飛ばした忍が――パジャマがわりのスウェット姿で、うっすらと無精髭《ぶしょうひげ》を生やし、そのうえ髪もぼさぼさのひどい出で立ちで、狭い画廊の二階に、篤史の眼の前に、突っ立っていた。

「このたらし野郎、うちの子を連れ込んでなにするつもりだったんだ、変態が！」

髭も髪もだらしなくした忍が、ぜいぜいと息を切らしながら怒鳴っているのを、篤史ははじめただ呆然と見つめていた。殴られたばかりの福山は、まっ赤な顔で頬を押さえ、忍を睨《にら》みつけていた。

「いきなりやって来て、なんなんだ、一体！」

「うるさい、最初から怪しいと思ってたんだ、篤史のことやらしい眼で見やがって」

「し、忍、落ち着いて。大体なんでここが分かったの？」

とりあえず篤史は、今にも殴り合いのケンカをしそうな大人二人の間に入り、眼を血走らせている忍にしがみついた。

それにしても、忍の格好はひどかった。いつもめかしこんでいる忍が、上下スウェットの姿で銀座にやって来たのだから、相当慌てていたのだろうか。それにどうやら風邪もひいているらしく、福山に怒鳴りながら、何度もゲホゲホと咳《せ》き込んでいた。

「きみ、篤史くんのことをつけてたのか？　気持ち悪い、ストーカーじゃないか」

福山が憤慨して言ったとたん、忍は「ストーカーじゃない」と言い返している。

「お前が連れ込むのが分かったから来たんだろうが！」

篤史は眼を瞠り、まじまじと忍を見てしまった。

（もしかしてさっきの電話切ってすぐ、ここに向かったの？）

忍には電話ごしに、福山と篤史の会話が聞こえていたのだろう。けれど、どうして忍がこんな無茶《むちゃ》をしたのか分からず、篤史は言葉を失ってしまう。

「なにそれ。ちょっと気持ち悪いよ、忍くん」

福山が胡乱《うろん》な眼をして言ったので、忍が「なんだと」と眼を剝《む》いた。

「お前が前から篤史に色目使ってたからだ！　手ぇ出すなって言ったの忘れたのか！」

またしても怒鳴りはじめた忍に、篤史は慌てた。なぜここまで来たのかは一度置いておくとして、とにかくこのケンカを止めなければならない、と思った。

「忍、誤解だよ、俺たち絵を見てただけだよ。福山さんに殴ったことを謝って」

けれど篤史が言ったとたん、忍はさらに腹を立てたようだった。

「バカ言え、絵を見てるだけであんなに密着するか！　こいつはな、篤史。遊び慣れたケダモノだぞ、お前はいいように騙《だま》されてるんだ！」

「……誰がケダモノ？　きみこそ、弟にずいぶん執着してるよね。それに僕が篤史くんとなにしたってきみには関係ないだろう」

呆《あき》れたように福山が言うと、忍がさらに青筋を立てた。

「そりゃお互い大人同士の場合だろ。篤史はな、まだ家族の情と恋愛感情の区別もつかないくらいガキなんだよ。そんなのに手ぇ出すのは反則だ！」

忍は、自分が手を出したことは忘れたのだろうか、と篤史は思ったがもちろんそれは言わなかった。

「忍、福山さんはいい人だよ。それに、久代さんの個展も開いてくださるんだから、久代さんがこのこと知ったら悲しむだろ」

とりあえず篤史が福山に加勢すると、忍は顔を赤くして振り向いてきた。

「お前な、また久代か!?　なんなんだ一体。俺のほうがお前を想ってるのに、いつもいつもお前は、久代だのそこのたらし野郎だの……俺のことを一番に考えてくれたこと、あったか!?　一体俺の、なにがダメなんだ!?」

突然詰め寄られ、篤史は眼を丸めた。乱暴に肩を摑《つか》まれ揺すられる。福山が眉を寄せる。

「俺だってお前を大事に想ってる。なのにお前は、久代の好物ばっかり作りやがって。唐揚げは俺の好物だろうが！　ましてこんないきなり現われた男に……お前は久代じゃなかったら、こいつなのか!?　俺じゃなくて、こいつか！」

怒鳴りながら、忍は興奮しすぎたのだろう。ぜいぜいと息をきらしはじめた。

篤史は言われたことに思考が追いつかず、ただ眼を丸める。と、急に、篤史の肩を摑んでいた忍の手から力が脱けていった。

「し、忍！」

篤史は慌てて膝をついた。忍が、いきなりその場にひっくり返って倒れてしまったのだ。額に手をあてると、すごい熱だった。

「……きみのお兄さん、必死だね」

福山はさすがに脱力したようにため息をつき、篤史はぺこぺこと頭を下げる。

「す、すみません！　今車を呼びますから、福山さんのその頰の治療費もうちで持ちます。なので、あの、久代さんの個展は……」

もしもこのことが原因で、久代が楽しみにしている個展がなくなったらどうしよう。そう思うと胃が縮み、篤史は土下座する勢いだった。けれど福山はどこか疲れたような顔で深々とため息をついただけで、「もういいよ」と言ってくれた。

「個展はべつに、きみらのためにやるわけじゃないし……」

それにたしかに下心はあったしね、と福山が付け加える。

「でもまあ、きみらの事情は大体分かった。篤史くんも、そのお兄さんが好きなんだ?」

訊かれて、篤史はドキリとした。顔が赤くなり、うつむくと、今度は淋《さび》しそうに福山が肩を竦めた。

「とりあえず、病院には行こうか」

気を遣ってくれたような福山に、申し訳ない気持ちにはなったけれど、とにかく久代の個展には影響しないらしいので、篤史はホッとした。半ば恐縮しながら電話を借り、タクシーを呼ぶ。忍は苦しそうな顔でぜいぜいと荒い息を吐いていたが、小さな声でまだ「篤史……」と言っている。

(……彼女といたから、家に来るなって言ってたんじゃ、なかったんだ)

こんな時に不謹慎だと思うけれど、篤史はそのことが少しだけ、嬉しかった。

(俺のこと、心配したから、来てくれた……んだよね?)

そう思うと、ゲンキンにも胸がドキドキと高鳴った。

タクシーが来るのを待ちながら、篤史は今度こそ言おう、と思った。

(俺は本当は忍のことが、好きなんだって……)

八

「ただの風邪ですね。とりあえずそれだけなので、まあ、帰ってもらえると助かります」

救急病院の医師は、忍《しのぶ》を診察した後そう言った。いかにも、他に大病を患っている患者が大勢いるのだぞ、と言わんばかりの迷惑そうな顔だった。

とはいえ、医師の気持ちも分からないではない。忍は一瞬だけ昏倒《こんとう》したけれど、タクシーの中で眼を覚まし、その短い睡眠がよかったのか、もともと丈夫だからなのか、目覚めた後は熱も下がっていてほとんど治っているように見えた。

「忍は昔から、いきなり高熱出して、すぐ治ってたもんね。病院来るまでもなかったんじゃない？　でも、あっくんにはお礼言わなきゃダメだよ」

診察結果を聞いた久代《ひさよ》が、ホッとしたように言った。久代は篤史《あつし》からの連絡を受け、生徒たちとの懇親会を早めに切り上げて病院まで駆けつけてくれたのだ。待合室のベンチに座った忍は、なにが面白くないのかさっきからずっと仏頂面で、それに篤史も困っていたが、久代も、呆れたようにため息をつく。

「とにかく、僕は福山《ふくやま》さんの手当てが終わるのを待って、彼と一緒に帰るから。忍はあっくんと帰って」

久代はそう言うとまだ手当てを受けている福山を待つため、待合室に居残ることになった。さきほど、忍は眼が覚めてから少し興奮が収まったのか久代に怒られたのがきいたのか、渋々、といった体で福山に謝っていた。福山もやっぱり、渋々といった体でそれを許してくれていたが、久代はお詫《わ》びのために福山を家まで送るという。

そんなわけで、久代と別れた篤史は、忍と二人きりになった。

夜中のロビーは人気がなく、怖いほどシンとしている。

ちら、と忍を見ると、忍は篤史とは眼も合わさずに夜間出入り口のほうへ歩き出した。それについていきながら、篤史は緊張していた。

——俺のほうがお前を想ってるのに。

と、さっき熱で倒れる前、忍は言っていたはずだ。思い出すと、胸が熱くなる。

(もしかしたら、忍も俺のこと、少しくらい好きでいてくれるかもしれない……)

デリカシーがないかもしれないけれど、篤史は病院に向かう間も、忍が診察を受けている間もずっとずっとそのことばかり考えていた。

けれど病院を出た先の路上でタクシーを止めてくれた忍は、

「ほら篤史、乗れよ。これ、タクシー代な」

と、言って篤史の手に五千円札を渡してきた。その行動に、篤史は眉をひそめた。

「……俺、忍の家に一緒に行くよ」

当然そうするものと思っていたのに、言ったとたん、忍に「ダメだ」と言われた。篤史は呆《あっ》気《け》にとられて、忍を見つめた。

「なんで？　忍、風邪ひいてるから俺、看病に行くよ。明日土曜日で、学校休みなんだし」

「……いいって。もうほとんど治ってるよ。ほら行け」

忍はまるで犬を追い払うように、しっし、と手を動かす。篤史は愕然《がくぜん》とした。さっきまで俺のほうがお前を想っている、と言っていたのは聞き間違いだったのだろうか？

忍の態度は素っ気なく、篤史が画廊に行く前、電話をかけた時と同じように冷たい。

それまでの舞い上がっていた気持ちが、一瞬で冷えていこうとしている——。やっぱり忍は俺のことなんか、どうでもいいんだ。いつものいじけた気持ちが胸に湧いてくる。

けれど、篤史は本当に？　と自分に問いかけた。

（本当にそうなのかな？　俺、またいつもみたいに、勝手に思い込もうとしてるだけじゃないの……？）

十一年間、十分すぎるほど疑ってきた。

忍は自分を歓迎していない、嫌っていると思ってきた。その実心のどこかで期待が捨てられず、疑いと期待の間で、篤史の心は振り子のようにぐらぐらと揺すられていた。

忍だけじゃない、久代に対しても、父に対してもそうだった。

いつもいつも、篤史は彼らが自分を愛してくれているか、不安だった。

けれど本当はどうだっただろう？　蓋《ふた》を開けてみれば父も久代も自分を愛してくれていた。ただ自分が傷つくことを恐れて、本音を訊けなかっただけ。父には二度と訊けない。けれど、忍は今、生きて、篤史の眼の前にいる。

葬儀の時に、久代が篤史を引き取ると言った時、忍が顔をしかめたのは篤史をかわいそうに思ったからだと聞いている。そんなふうに、篤史が今でも誤解していることはもっともっとあるのかもしれない。

――絵も、近すぎると見えない。

いつだったか聞いた、福山の話を思い出す。このままいじけて、自分の思い込みだけを信じて引き下がれば、また同じことを繰り返してしまう。

自分は、こんなことをあと何年繰り返すつもりなのだろう。

(忍はもう家を出てる。……これからは、他人になろうと思えば簡単になれる)

けれど本当は、他人になんかなりたくないのだ。どんな形でもいい。忍のそばにいたいし、忍にいつだって会いたい。約束しなくても、ねだらなくても、唐揚げなんて作らなくても、いつだって会いたい。家族でいたいし、できるなら恋人になりたい。

そのために今、篤史は退《ひ》きたくなかった。どうせこれ以上嫌われても、一緒に暮らしていないなら関係ない。篤史はやけっぱちな気持ちになった。

「忍。いいから乗って。俺、一人じゃ帰らないよ」

頑として言うと、忍がやっと篤史を見てくれた。その眼に、戸惑うような色がある。

「福山と久代を二人きりにしといていいのか？　いいから、行けよ」

「それがなに？　俺は忍と一緒に行きたいって言ってるの。それとも俺が行っちゃまずい理由でもあるの？　新しい彼女と暮らしてるとか？」

後半は、言いながらもしもそうだと言われたらどうしよう――と、怖くなった。けれど忍が「そんなわけないだろ」と言ったので、篤史はホッとした。

「……分かったよ。でも、すぐ帰れよ」

篤史が折れないのを見てとったのか、嫌々な様子ながらも忍はそう言って承知してくれた。篤史は忍と一緒にタクシーへ乗り込んだけれど、その間もあさっての方を見るばかりで、まるで眼を合わせようとしてくれない忍の態度に、落ち込みそうになる。

（やっぱり俺のことなんか……。でも、それでも来てくれたんだし）

なんだか、忍の気持ちがよく分からない。

そんなことをもやもやと考えているうちに、タクシーはようやく忍の住むマンションの前に着いた。

忍の住まいは、一人暮らしの若いサラリーマンが住むのにはごくごく一般的なワンルームマンションだった。狭いかわりに都心に近く、けれど駅からはちょっと歩くようだ。エレベーターがついているのはよかったが、入った先の玄関は狭くて、小さな台所スペースとユニットバス、七畳ほどの居室に猫の額ほどのベランダがついている。

その忍の部屋に案内されて、篤史は思わず絶句してしまった。

部屋が、想像していたよりもずっとずっと、汚かったからだ。

もっと言うなら、忍の一人暮らしの様子は、想像とは全く違っていた。

こじんまりした間取りは、ごちゃごちゃと物で溢れ返っていた。物が多い、というのでも、ゴミを捨てていない、というのでもない。出した物をしまっていない、片付けていない、という雑然とした汚れ方だった。脱いだシャツが床の隅に丸めてあり、グラスは流し台に置きっぱなし。ベッドの上の布団は起きた時のままの形だし、二人がけのロウソファの上には洗濯物がうずたかく積まれていて座るところがない。とにかく一事が万事そんな調子で、ようは整理整頓がされていない。

長年家事をしている篤史には、これは風邪をひいたせいでの昨日今日で作られた部屋ではない、と分かった。多分ここに引っ越してきてからの、忍の生活習慣の中で作られた部屋だ。会社から帰ってきた忍がコンビニエンスストアで買ってきた弁当をもそもそと食べ、適当に脱いだ服を適当に床に投げておいて、そのまま出社ぎりぎりの時間まで寝て、起きたら起きたで一番手近にあるシャツとネクタイを選んで会社に行く――という一日の自堕落な様子が、言われなくてもこの部屋からにじみ出ている。

「……忍。こ、これどういうこと？」

「なにが」

鼻を啜《すす》りながら、忍はキッチンのコンロにやかんをかけている。

「全然片付けてないじゃんっ。忍、掃除得意だろ？　こんな埃《ほこり》っぽいとこで生活してたら、風邪ひくの当たり前だろ！」

「……べつに得意じゃないもん」

篤史の叱責《しっせき》に、いじけたように忍が言った。まるで子どものようなその態度に、篤史は違和感さえ覚えてしまう。忍とは——こういう人間だったろうか？

「……得意じゃないよ。篤史は得意だろうけど俺はお前が久代のことで忙しいから、なるべく俺のせいで困らないように、頑張ってただけ。本当はこういう人間なの、俺は」

戸棚からカップを二つ出し、忍がインスタントコーヒーの粉を入れながら、そう言う。それに、篤史は少しびっくりした。

（俺のため？　俺を、困らせないため？）

「正直、家の中なんか汚れてたって平気だし、シャツだって三日同じの着ることもできるよ。まあやんないけどな、俺は久代じゃないから。でも見てのとおり、俺の本質はこんなもん。あの久代の息子だぞ。生活スタイルにこだわりなんかないね。性格もちゃらんぽらんだけど、生活態度もちゃらんぽらんだったんだよ」

自虐的《じぎゃく》な言い方が、忍らしくないなと篤史は思った。

思ったけれど、これも忍の一面なのかな——と、感じた。

「けどお前が一人で頑張っててさ……それが健気《けなげ》でかわいそうだから。俺が世話かけちゃダメだろ。それで真面目にしてただけ。篤史は久代のことで頭がいっぱいだし」

「……忍のことも、気にかけてたよ」

「たまにな。本当にたまに、な。俺がデートでメシ要らないって言わなかった時とかな」

篤史が反論すると、忍はふん、と鼻で嗤《わら》ってきた。その顔が意地悪くなる。篤史を『もらわれっ子』と揶揄《やゆ》してくる時と、同じ顔だ。今まではこの顔で傷ついていたのに、なぜか今は、それが淋しそうに見えた。なんだかまるで、相手にしてもらえなくていじけている子どものように——。

「……そういう時くらいしか、お前は俺のこと気にしなかったろ。だから意地悪したくなったんだよ。でも空《むな》しかったな、お前、怒らせないと俺のこと見てくれない」

独り言のようにいじいじと言う忍に、篤史はなんだか困ってしまった。困ったけれど、しょげている横顔がほんの少し、可愛《かわい》い、と思う。

「けど……新しい彼女とかできてないの。家、片付けてもらったりしてるかと思ってた」

つい探るように訊くと、忍がまた嗤った。

「できるわけないだろ。もうどうでもいいよ、家出たし。必要ない。言っただろ、逃げるために恋愛してただけだって。本格的に逃げてきちゃったから、もうそんな努力も要らない。正直、女なんかどうでもいい。どうせ好きになれない。傷つけて終わるだけだ」

「……それって、どういうこと？」

「さあね。ほら、これ飲んだら帰れよ。大好きな久代さんとこに」

忍はそう言って、篤史に淹れたばかりのコーヒーを渡してくれた。篤史はなにも言っていないけれど、やっぱりミルクはたっぷり入っていた。ちゃんと、篤史の好きな味を覚えてくれている。

（忍って……）

いつもそうだった。強く意識したのは久代の入院中だけれど、本当はいつも忍が一番、篤史のことを分かってくれていた。久代に遠慮して、愛されていないかもと怯《おび》えて、ワガママ一つ言えなかった篤史の弱さを知ってくれていたのも忍。忍の言うとおり、ちょっと前まで篤史には家族の情と恋愛感情の違いも分かっていなかった。本当は、忍は篤史のいいところも悪いところも全部、なにもかも、知ってくれていた。

（学校まで行って、先生から進路希望票もらってきてくれたって……）

普通、どうでもいい相手にそこまでするだろうか？　分かっていなかったのは自分だけで、忍はいつも、篤史のことを想ってくれていたのじゃないか。意地悪やひどいことを言う時も、なにか理由があったのじゃないか。

それなのに忍はもう、篤史と話したくないらしい。自分のコーヒーを持って居室のほうへ行くと、ソファに積まれている洗濯物を蹴《け》って場所を空け、そこに座っている。

（うわあ、すごいだらしない……）

思わず、篤史はその姿を見つめてしまった。

けれどこれも、忍の一面なのだ。篤史が久代のために無理をしていたように、忍は篤史のために無理をしてくれていたのだろう。忍の自堕落な面に驚いて嫌悪するよりも、どうしてか、愛《いと》しさが湧いてくる。篤史が一番、その無理をする気持ちを知っているせいかもしれない。

（我慢して、無理をするのは、好きだから……好きになってほしいから）

家族だとか恋人だとか、他人だとか。本当はそんな形には関係なくて、ただ自分が相手を好きかどうかだけ。きっと人はそのためだけに頑張れる。

胸の奥からなにかが迫《せ》りあがってきて、篤史はコーヒーカップをロウテーブルに置いて、忍の隣に座った。忍はそれでも、篤史のほうを見ようとしない。

「忍、なんで今日、俺のこと探しに来たの？　それにさっき言ってたよね。俺のこと……お、想ってるって。あれ、どういう意味？」

一瞬、間があった。けれど忍にはすぐに、

「そんなこと言ったっけ。熱があったから覚えてない」

と、はぐらかされる。

「そんなことより、もう帰れ。久代が家で待ってるだろ」

「……さっきから久代さんのことばっかり言うけど、俺は忍と話してんの。ちゃんと俺のほう見て話してよ！」

思わず、篤史は声を荒げていた。忍にじろり、と睨まれて一瞬たじろいだけれど、篤史は退かなかった。退けば、またうやむやになってしまう。

「俺、ちゃんと忍と話がしたいから、ついて来たんだ。忍が俺をだ、抱いた後……きちんと、話できなかったから」

言いながら、恥ずかしくて頬が熱くなった。心臓は緊張でドキドキと震えている。それでも、篤史は一つ一つ、言葉を選ぶようにして続けた。

「最初の時、忍は、なんで俺を抱いたの？　あの時、本当は彼女だと思ってたの？　俺だって気づいた時、どう思った？　嫌だった？　嫌だったならなんで……久代さんが倒れた時、キスしてくれたの？　あの後も一度、触ってくれたよね。なんで？　俺、忍は俺のこと、嫌いなのかと思ってた」

「……お前が俺を嫌ってるんだろ」

忍がぽつり、と言った。けれど言ってくれたのはそれだけで、すぐに眼を逸らされてしまう。

「もういいだろ。終わったことなんだから。抱いて悪かったとは思ってるけど、もう俺は家にいないんだし、お前には大好きな久代さんがいるんだから十分……」

「本音で言ってよ！　俺は本音で言ってるんだから！」

不意に、篤史は怒鳴っていた。怒鳴ったとたん、感情が溢れて目尻が濡れた。喉《のど》に熱いものがこみあげてくる——。

「俺は最初の時も、忍が好きだから、好きだから……抱かれたんだよ。あの時は気づかなかったけど、本気で抵抗できなかったのは、嫌じゃなかったから。だって忍、俺のこと抱きながら、俺を好きだって言ってくれた」

耳にかかった、甘い囁《ささや》き。好きだよ、と言われると、体の芯《しん》から甘いものが溢れた。今になったら、ただ嬉しかったのだと思う。本当はもうあの時から、篤史は忍が好きだった。

「なに……言ってるんだ、お前。お前が好きなのは、久代で……」

忍がうろたえたような声を出し、身を仰《の》け反《ぞ》るようにして退く。篤史は反対に、身を乗り出した。

「久代さんへの気持ちは、家族への愛情。忍には、恋愛感情。俺、子どもだけど……今は、家族の情と恋愛感情の違い、分かるよ」

言い募る篤史へ、忍が「いや、そんなはずない」と呟《つぶや》いた。

「とにかく、篤史、落ち着け。お前、なんか勘違いしてるんだよ。一度冷静になって……」

「勘違いじゃないっ」

どうして分かってくれないのだろう――。

篤史はとうとう、泣けてきた。こんなに言っているのに。必死なのに。少ない言葉の中から、伝わってほしくて、一生懸命話しているのに。

（いっつもそう。忍は一番肝心なことだけ、言ってくれない――）

「勘違いじゃないよ、バカにすんな！　好きだって言ってるんだろ！　なんで分かってくんないの？　冷静とか、なれるわけないよ。好きな人に、好きって言ってる時に――」

篤史の言葉を、ほとんど呆気にとられたように聞いていた忍が、その時動いた。

一瞬のことだった。気がつくと篤史の細い腕は、忍の力強い手にひかれていた。大きな体に抱き竦められ、ぶつけられるようにキスをされた。

それはあまりに不器用だった。それでも篤史は息を呑《の》んだ。心臓と胃が、ぎゅうっと引き絞られるような切ない痛みを感じた。

「あー……くそ……っ」

焦ったような声で舌打ちし、忍が篤史の体を引きはがす。まるで、くっついている磁石と磁石を引き離すかのような、もどかしい手つきで。

「バカ……っ、あー、我慢してたのに……っ、お前は、なんにも、分かってない」

吐き出すような口調で、忍がうなだれる。

「俺がどんな気持ちで……、久代に申し訳ないから、もう手を出さないようにだな、家を出て……、お前まだ子どもだから、手ぇ出して丸め込みたいのをぐっと抑えて……お前は俺より久代が好きだったろ？　大体、俺みたいな男と付き合わせられるかっ」

誰にともなく悪態をつく忍が、じろっと篤史を見てくる。

「なのにお前がそういう可愛いことを言うから……、なに考えてんだ。お前は勘違いしてるんだって。俺を見てみろ。ただのダメ男だぞ、俺はお前が好きで、大事だから」

篤史は眼を瞠った。胸が、とくとくと期待で脈打つ。

「忍、俺のこと、今好きだって言った……」

「好きだよ、当たり前だろ、じゃなきゃ抱けるか。初めの時も、夢の中でお前を抱いてたんだよ。誰が彼女と間違うか。好きな相手なんか昔からお前しかいない……でも眼が覚めたら現実で……あ、悪夢だった。大事にしてたのに……っ、手ぇ出さないために、他の相手好きになろうとして努力もして……家に帰らないようにして。毎日毎日、家に帰るとお前が可愛い顔で俺を出迎えるのが、どれだけな、しんどかったか。なのによりによってあの晩だけ……あ、あそこまではちゃんと抑制できてたんだ……っ」

「それじゃ初めから俺のこと、好きだったの？　抱いてくれた時、好きだよって言ってくれてたのは、俺にだったんだ。そうなの？」

「お前、聞いてるのか？　俺は後悔してるって話をしてるんだ。久代だから諦《あきら》めたんだ。他の相手だったら殺してやる。俺は、あの晩の俺を殺したい」

「……忍、おかしいよ。俺が好きなのは忍だって言ってるのに。最初からそう言ってくれたら……俺、もっと早く気づけたのに。忍、俺のこと『もらわれっ子』なんて言うから、嫌ってるんだと思ってた」

あれは……と、忍が気まずそうに眉を寄せた。

「……お前が久代ばっかり褒《ほ》めるから。むかついて。嫉妬《しっと》だよ。……それに俺はお前に、兄貴っていうより、男として見られたくて」

だから、弟とも思っていない、と言っていたのか。

「意地悪言わないと、お前は俺のこと見てくれなかっただろ……、あー……かっこわるい。俺のほうがガキくさい」

「じゃあ、やっぱり俺のこと、好きなんだ？　俺も忍のこと、好きなんだよ」

忍はなぜか落ち込んでいるけれど、篤史は自然と声が弾んだ。

「唐揚げを、久代さんの好物と思い込んでたのは、忍が彼女のところにばっかり行くから、淋しくて……お願いして帰ってきてもらうのが空しくなって、知らないうちに、そんな気持ちを封じ込めたんだと思う。……俺、昔からずっと、忍が好きだったんだよ」

今になったら、それが分かる。けれど篤史が身を乗り出すと、バカ言うな、と忍は世にも恐ろしいことを聞いたかのような顔で言った。

「お前はまだ若いんだから、俺みたいなのと付き合うな。もっと他にいる」

「でも、他の人なら殺すんじゃないの？」

篤史は首を傾げ、忍は黙り込んだ。葛藤《かっとう》しているように、また「くそ……っ」とうめいている。篤史の涙は引っ込み、心はうきうきと軽くなっていた。

忍は、俺を好き——。

それが分かった今、もうなにも怖くなかった。体の奥から力が湧いてきて、この世界中をスキップして回りたいくらい幸せだった。こうなるまでほんのわずか、心の中にかかっていた久代への罪悪感も、突然吹き飛んだ。

だってこれほどに幸せなのだから、久代はきっと許してくれる、とさえ思えた。

（俺は、もうなんでもできそうなくらい、幸せ——）

その気持ちが顔にまで溢れて、篤史はにこにこしていた。それを見ていた忍が、深々とため息をつく。

「……本当、お前は可愛いな。……俺なんかでいいのか。本気なのか？　後で後悔するぞ。久代になんて言い訳するんだ。お前の大好きな久代さんだぞ」

「後悔なんか、しない。それに、久代さんは大丈夫。……俺、忍が大好きだよ」

忍はなにか訊きたそうな顔になったが、篤史はもう待てなくて、忍の胸ににじり寄った。

「俺まだ、忍からちゃんと聞いてないけど。俺のこと、どう思ってるか」

見上げると、忍がこくりと息を呑んだ。

ちゃんと言ってほしい。お願いだから。

その気持ちを視線にこめる。やがて忍が、観念したように言った。

「好きだよ……大好きだ」

忍の腕が篤史の体に回る。抱き竦められて、篤史の胸は喜びに震えた。

「好きだよ。いい子で、意地っ張りで、可愛くてかわいそうで……なのに振り向いてほしくて傷つけて、傷つけたら後悔して。でも謝ることもできなかった。嫌われたほうがいいはずだと思って……」

忍の声も、震えている。篤史は忍の背中に腕を回した。五つも年上のこの兄のような男が、まるで自分より子どものように思えて愛しくなる。篤史を突き放しながら、時折優しく触れたり熱っぽく見つめてきた忍の葛藤が、今はもうハッキリと分かった。

「もらわれっ子なんて、言ってごめん。傷つけてごめん。好きすぎて怖いくらい……お前が、大事なんだ。こんなこと、本当はしたくなかった。ただ家族で――いようとして」

「……うん。もう、分かった」

それはもう、痛いほど分かった。久代のためならなんでもできる、と篤史が思ったように、忍も篤史のためならなんでもできる、と思ってくれていたのだろう。篤史がそれを、信じられなかっただけで。

たくさんの女の人たちと付き合っては別れていたのも、きっと忍なりに篤史を傷つけないために。抱いてしまった後に篤史と久代をくっつけてやると言ったのも、やっぱり本音だったのだと思う。けれどそうしながら、久代を好きな篤史を見て傷つけたくなったのも本音だろう。その葛藤の間で揺れながら、忍自身苦しんでいたに違いない。

(忍も、俺と家族でいたいって、思ってくれてたんだね……)

離れて見れば絵の全体が見える。

あの時、篤史は大きな一枚の絵のように久代や忍、父の姿を見ようとしたけれど、本当に見たいのは、自分の心だったのかもしれない。

ただ素直になれば、忍の言葉の一つ一つが、すべて一本の糸でつながって、『篤史が大事』と言ってくれていたのだと——受け取れた。

「俺も、それが分からなくて、ごめんね」

顔を上げ、篤史は自分から忍に、キスをした。すると忍が篤史に顔を寄せ、優しくキスを返してくれる。その忍の唇が、柄にもなく震えている。

(忍は俺が思ってるより、ずっと大人……。でもずっと子どもで、臆病《おくびょう》だ……)

近すぎて見えなかった忍の本心。恋も近いほど、相手が見えにくくなるのかもしれない。

唇を離したら、照れくさくて篤史は微笑んだ。体重をそのまま忍にかけると、忍の胸は篤史の体をちゃんと支えてくれる。ぎゅっと抱き合って、その幸福に篤史は酔いしれた。

けれど不意に忍が篤史の肩を持って、引き離してきた。

「さて。それじゃ、送ってやるから、帰りなさい」

（……え、ええ？）

篤史は一瞬、耳を疑った。

忍はなにを言っているのか、と思った。

たった今気持ちを確認しあったばかりだ。明日は土曜日で、もう夜は遅い。わざわざ帰る必要なんてない。

「……やだよ。俺、今日は泊まる」

ここで帰ればまた忍は、このことを忘れたふりをするかもしれない……そんな気がする。

同じことを繰り返したくないから、篤史は今日で、確固としたものがほしかった。もう絶対に後戻りできないほど、ちゃんと忍の気持ちを手に入れたかった。

「なに言ってんだ、泊まるなんてダメだ。風邪もうつるかもしれないだろ」

「風邪なんてもう、治ってるだろ。大体、なんで忍がそんなこと言うの？　忍、俺のこと好きじゃないの？　俺と忍、付き合うことになったんだろ？」

「好きだよ。だからだろ。早々簡単に手ぇ出せるか。付き合うとかはな、もうちょっとお前が大人になってから考えて……」

「俺、ずっと忍が好きなままだよ。だから、手、出してよ」

篤史は忍の胸にしがみついた。忍が、ごくりと言葉を飲み込むのが分かる。

「もう一度は出しただろ。今度はちゃんとしてほしい。俺をちゃんと、恋人にしてくれないの？」

「……お前は」

忍がうなだれ、かすれた声で呟いた。

「どこでそんなセリフ、覚えてきたんだ……」

忍がくそ、と舌打ちした。と思ったら、篤史はいきなり担ぎ上げられていた。あっという間にベッドへ放り込まれ、上から忍に覆い被《かぶ》さられる。

「もう二度と俺と別れる機会はないぞ。俺はこの先ずっと……兄貴にはなれない。いいんだな？」

「俺も、弟になれないよ」

篤史が言うと、忍はどこか困ったように、苦笑した。

「……もうずっと、弟じゃなかったよ」

この言葉を、これほど嬉しい気持ちで聞く時が来るなんて、考えたことがなかった。篤史は手を伸ばし、忍の首へ回した。忍が優しく、しっとりと篤史へ口づけてくる。

「ひげ……ちくちくする」

キスの時に当たる無精髭に篤史が笑うと、忍も笑って、わざと篤史の顎《あご》にそれを押しつけてきたりした。そしてその間にも、忍は篤史が着ているシャツのボタンをはずしにかかる。けれどどうしたのか、忍はその指を滑らせた。

「……はは。俺、緊張してるな」

小さく、自嘲《じちょう》するように言う忍の指先は、ほんの少し震えていた。それを見たとたん、篤史もドキン、と胸が跳ねるのを感じた。

忍は怖いのかもしれない。久代が入院中の夜、篤史に触れた後で忍がしていた傷ついたような顔。あの時忍はきっと、自分が大切にしていたものを壊したように感じたのだろう。——だからきっと、家を出てしまった。二度と篤史に触れないように。

（そういうのが、忍の愛情だったんだろうな……）

そう思うと、その時の忍の葛藤が分かるような気がして胸が締めつけられる。

いつしか篤史は、忍の震えている指に自分の指を重ねていた。ハッとしたような忍を、篤史は見つめ返した。そして誘導するように、忍の指の上から、自分のシャツのボタンをはずした。

驚いたように自分を見下ろしてくる忍へ、篤史は恥ずかしくて頬を赤らめた。けれどただ、忍にも後悔してほしくなかった。これから先何年経っても、なにがあっても、今日この日のことを、後悔しないでほしくて、自らシャツをはだける。すると食い入るような視線でじっと乳首を見つめられ、篤史は恥ずかしくなり、体を震わせた。

「……やばいな。お前のこんな姿、見せられたら」

忍は眼を細めて息を呑み、それから胸の上へ手を置いてくれた。

胸の飾りをそっとつままれて、篤史は「あ……」と声をあげた。背に、甘いものが走る。ここを弄《いじ》くられると気持ちよくなってしまうことを、篤史はもう、知っていた。

「あ……あ、ん」

両手で乳首を弄られる。こんな小さな部位なのに、くにくにと刺激されているうちにすっかりそこは硬くなり、篤史の前もふくらみ始める。

「ここ、気持ちいいのか……?」

こくり、と頷くと、篤史の太股に当たっている忍のものが一気に硬くなるのを感じて、篤史は頬を赤らめた。

「本当は……もうずっと、こういう妄想してた。お前のここをこうして……」

と言って、忍は篤史の乳首をきゅ、きゅ、と揉《も》む。

「つまんだり……捏《こ》ねたり……引っ張ったり。それから……弾《はじ》いたり」

つん、と弾かれて、篤史は一際高く声をあげる。もどかしい快感に、まっ赤な顔で喘《あえ》ぎながら、篤史はそれでも、忍の頭の中で自分がどんなことをされていたのか知りたくて、

「……他にもしてた?」

と、訊いた。忍は小さく笑い、

「他にも……こんなこと」

と、篤史の乳首を唇に挟《はさ》み、ちゅるっと吸い込んできた。

「あ……っ、や……っ」

胸が唾液《だえき》に濡れて、篤史は背を仰け反らせて震えた。気持ちがすっかりいやらしくなって、もっともっと、もっと、忍にいろんなことをされたい――と思っている自分がいた。

「本当にいいのかな、お前にこんなことして……」

やがて忍が篤史の腹を撫でながら、まだ迷うような手つきでベルトをはずし、ズボンを下ろす。下着は前で三角に張っていて、少し湿っている。忍は篤史の性器を下着の上から撫《な》でながら、やっぱりまだ少し決めかねているように不安げな眼をした。

「……いいから、触ってよ。これ以上、妄想はしてないの？」

「してるよ」

忍は苦笑し、篤史はようやく、下着を下ろされた。中からは硬く濡れそぼった篤史の性器が出てくる。それを、忍がそうっと撫でた。

「ん……っ」

「感じる？　篤史、気持ちいい？」

少し不安そうに訊いてくる忍を安心させたくて、篤史は頷いた。やがて忍が口を開けて、篤史のものを根元までくわえ込んできたので、篤史は甲高い声をあげて腰を跳ねさせた。

「や、あ、あ、あ……っ」

それは強烈な快楽だった。自分で自分にする、稚拙な愛撫《あいぶ》とは違う。熱い口の中に幹のすべてを吸い込まれ、舌先で鈴口をくにくにと押される。くびれのところで忍が唇を止め、わざと食《は》むように動かしてくるから、たまらなかった。

「ひゃ……っ、あ、や、だめ……し、忍っ、で、出ちゃう……っ」

篤史は足の爪先をぴんと張った。今にもイキそうで、けれど絶妙なところで忍が動きを止めるので、イけない。その波が三度も続くと苦しくて、篤史は音をあげた。

「や、あっ、んっ、んぅ、忍、お願い……も、い、イキたい……」

すると忍はベッドの下に手を伸ばし、なにやら円筒状のプラスチックケースを取りだした。次の瞬間篤史の尻の狭間《はざま》に、なにかひやりとした、粘っこいものが垂れてきて、篤史はびくりと震えた。忍の指が、そのぬめりを利用して篤史の後ろへ入ってくる。息を吐くと、その指は奥まで潜り込んできた。

「あ……ん、ん、あっ」

忍はやっぱり、篤史の感じる場所を覚えているのではないか――。

そうとしか思えない。二度目の時と同じように、中で折り曲げられた指にもっとも感じる場所を的確に刺激され、篤史はひくひくと尻を揺らめかせた。

「あっ、ひゃ、んっ」

中の指が三本へ増える頃には、篤史はもう自分からとめどなく腰を振っていた。中が甘酸っぱく崩れて、篤史の声は止まらなくなる。

「やっ、あっ、あ、あー……っ、忍、そこ、あっ、だめ、あ……！」

次の瞬間、篤史はびくんと背を仰け反らせて、忍の口の中いっぱいに精を迸《ほとばし》らせていた。

「あ……あ」

ひくひくと揺れる腰を摑んで、忍が最後の一滴まで飲み干したのを見て、篤史は震えた。

「の、飲んだの……し、忍」

「うん。ごちそうさま」

顔をあげた忍が、篤史の白濁で濡れた唇を拭《ぬぐ》って微笑む。その満足そうな顔に戸惑うやら恥ずかしいやらで言葉が出ない。と、まだ篤史の中に入っていた忍の指が、感じるところをくいっと突いてきた。

「あ……っ」

とたんにまた快感が全身を襲い、篤史はひくんと腰を揺らした。と、その時、忍がスウェットのズボンから自分の性器を取り出した。それは大きく、もうすっかり硬くなってそそりたっていた。

「……篤史、ごめん。俺は最低の、変態だ」

……お前に、かけたい。

そう聞こえたような気がしたその時、

「あっ」

篤史は一際高い声をあげた。仰け反った胸と顔に、忍の吐き出した精が勢いよくふりかかってきたのだ。それは熱く、ねっとりと濃い飛沫《ひまつ》で、突き立った乳首にびしゃっとかかると、それだけでもどかしい快感を得て、篤史は簡単に後孔《こうこう》を締めつけてしまう。

(な、なに?)

中の刺激に感じながら、篤史は同時に突然飛ばされた白濁に驚いた。吐精した忍が篤史の上に伸び上がってきて、篤史にキスをする。

「ごめん。本当に、変態で……。でもお前が可愛すぎて、もう」

かすれた声で言われたと思ったら、すぐさま、後ろから忍の指が抜かれ、かわりに硬く太いものが、ぐっと中に入り込んできて篤史は眼を見開いた。ついさっき果てて篤史の胸と顔を汚したばかりの忍のものが、既に勢いを取り戻している。そして今までの丁寧な手つきと違い、忍はいきなり根元まで、それを篤史の後ろへ差しこんできた。

「あっ、あ……ああっ、やぁ……っ」

「ごめん。本当に、ごめん」

謝りながらも、忍は止まれないようだった。激しく揺すられ、感じる場所を思うまま擦られ、皮膚と皮膚がぶつかりあって、いやらしい水音をたてる。

「あ、あ……あっ」

最初は苦しかったその行為が、やがて甘い快感を含み始めて篤史は高い声をあげた。

「や、やあっ、ああっ、あーっ」

擦られれば擦られるほど、篤史の下半身は痛みを忘れ、蕩《とろ》け始めた。気がつかないほど巧みに体位を変えられ、今度は四つん這《ば》いにされて後ろから揺さぶられる。ベッドがきしみ、忍の汗が、篤史の背中まで散ってくる。

「あっあっあっあっ」

自分の下半身がどうなっているのか分からない。怖くて、篤史はシーツをまさぐった。けれどものすごく気持ちいい。入れられて二度目でこんなに感じるなんて、自分はおかしいのだろうか。

「忍……っ」

喘ぎながら、篤史は忍を呼んだ。すると忍は篤史の体をまた正面から抱き直し、胸を合わせて深く中を擦ってくれた。

「篤史、好きだ。……大好きだよ。好きすぎて……」

初めての時は誰に向けられた言葉か分からなかったその囁きを、今度はハッキリと言ってもらえた。体の奥が切なくなり、篤史は忍のものを強く締めつけてしまう。

「あっ、あー……っ」

篤史は叫びながら、勢いよく精を吐き出していた。

激しい快感に、腰を揺らす。それにつられるように、忍のものもまた、篤史の中で昇りつめるのを感じた。

『見て、見て、ひこうき雲……』

篤史の瞼の裏に浮かんでくるのは、大きな青い空だ——。

いくつの時だったろう？　篤史は、十二歳だった。高校の制服を着た忍が、篤史の手をひいてくれている。交番からの帰りだった。やっていなかった万引きの濡れ衣を着た帰り道。

『分かるって。お前が久代を困らせるようなこと、するわけないもんな』

いつも頑張ってて、えらいな。一人で……。

——俺はそういうお前だから、好きに……。

忍がそんなことを言っている。

やがて泣き出した篤史を、忍は負ぶってくれた。篤史はその背中の力強さに、抱えていた不安もなにもかも飲み込まれていくような気がする。

……この人はもしかしたらちゃんと、自分を好きでいてくれているのかもしれない。

『ほら篤史、ひこうき雲だ』

忍がそう言った。篤史が顔を上げると、青く大きな空に、まっ白なひこうき雲がぐんぐんと伸びていくところだった。追いかけよう、と言って忍は篤史を負ぶったまま、坂道を、ひこうき雲を追って駆けだしてくれた。忍の足は速くて、風がびゅうびゅうと篤史の頬を打った。このまま本当に、あの雲に追いつけそうな気がして、篤史は涙も引っ込めて笑った。

『見て、忍。見て、ひこうき雲があんなに近い……』

忍も笑っていただろうか？

長い坂道を、二人して駆け上っていったあの日。

どこまでも伸びていくひこうき雲が、辛かった父の死の記憶からほんの少しだけ切り離された瞬間だった。

ふと眼を開けると、忍が強い腕に篤史を抱き寄せたまま、優しく髪を梳《す》いてくれていた。篤史と眼が合うと、ほんの少し困ったように微笑む。

「……体、痛くないか？　強くして、ごめんな」

「忍、さっきからずっと謝ってばっかり」

セックスの最中から何度もごめんなと言われたことが、篤史には気にかかっていた。まだ忍の中には篤史とこうなったことへの後悔があるのだろう。どこか傷ついたような顔をしている忍の頬に、篤史はそっと自分の手のひらを当てた。

「後悔しないでよ、忍。俺がこうしてほしかったんだから」

忍は小さく微笑み、篤史の手に手を重ねてまた「ごめんな」と、言った。

「お前に心配かけて。……後悔じゃないんだ。ただ」

怖いだけ、と忍が言う。篤史は抱き竦められ、おとなしく忍の体に寄り添った。大きくて温かな体。その忍の肌の奥から、とくとくと脈打つ心臓の音が聞こえてくるようだった。忍の怖さが、それがどんなものか訊かなくても、篤史には分かるような気がする。きっと篤史が父のように久代を失うことを恐れたように、忍も篤史を失うことを恐れている。

「……お前が俺を好きじゃなくなる時が、くるかもしれないと思うと……」

「逆は考えないの？　忍が俺を好きじゃなくなるかもって」

「それは絶対ない」

忍の答えに、篤史はにっこり、笑った。それなら自分たちはきっと一生、一緒にいられる。篤史が忍を好きじゃなくなることだって、絶対にない。もう何年も、本当はずっと忍だけを好きだったのだ。けれど篤史は、そうとは言わなかった。それはこれからの長い時間の中で、お互いに信じ合えるように努力していけることだと、思ったから。

（家族って……一緒に暮らしてるとか、ご飯を一緒に食べるとか。名前が一緒だとかいうよりも……その人が幸せになるのを、知っていたいっていうことだけ、なのかもしれない）

ふと、そんなふうに思う。せめて自分が生きている間。大切な一人の幸せに、関わっていたい。

そう思うことだけが、家族でいるために大切なたった一つの条件だとしたら——久代はとっくに篤史の家族だったし、忍は恋人でありながら、やっぱり家族でもある。どんな形でも、篤史が二人を好きでいる限り。

カーテンの隙間《すきま》から、明るい朝日が差しこんできている。今日は土曜で、天気もいいらしい。

篤史はうきうきした気持ちで、忍の顔を覗き込んだ。

「よし、忍。今日は洗濯して、この部屋を掃除するよ。ワイシャツも全部アイロンがけして、足りないものも買いに行くから」

急にはりきりはじめた篤史に、忍が眉を寄せる。

「いいよ、俺ん家は。渡会の家のほうも家事はあるだろ」

「俺、自分の家が汚いの耐えられないもん。ここだって俺の家だよね？」

篤史が決めつけると、一瞬黙っていた忍は、とうとう観念したように苦笑した。

「そうだな。……いつでも帰っておいで。篤史」

上半身を伸ばした忍に、頬へキスされた。

これから先の新しい生活がどうなるのか、篤史にはまだ分からない。けれどとりあえずは布団を干して、忍を急《せ》きたててこの部屋中を掃除して、それが終わったら一緒に久代の待つ家に帰って、三人で久しぶりに食卓を囲みたい――。

そしてその前に、忍へ訊いてみよう。

本当はいつから、自分を好きでいてくれたのか。

篤史はそれをもう、とっくの昔から、知っているような気がしていたけれど。

あとがき

こんにちは、または初めまして。樋口美沙緒《ひぐちみさお》と申します。

このたびは拙作『他人じゃないけれど』をお手にとっていただき、ありがとうございます！

他社さんのも合わせると、私にとっては五冊目の本です。五冊目……デビューした当初の目標が、「とりあえず五冊」だったので、感慨深いです。でもお話はいたって普通というか、ある意味いつもどおりというか……ですが、とっても楽しく書きました。家族もの？　です。

私の中では、ほのぼの枠です。……ほのぼの？　かな？

実は私、普段記憶喪失とかね、ネタみたいなのとかばっかり書いてますが、実は、実は……家族ものが、日常ものが、大好き……なんですよ……。とは言いつつ、あんまりほのぼのしてないかもしれない。私の精一杯のほのぼのであります。

ともあれ、あっくんも、忍も久代も、瞬さんも書いててとても楽しかったです。

うーん、もう書くことがない。あとがきが苦手なので、いつも本文書いてる途中からあとがきネタを思いついたら、メモするんですね。今回もメモってあったので確認したら……。

・あっくんが雨降ってきて洗濯物とか取り込んで白いシャツが濡れて透けて乳首とか見えたら、いきなり部屋で筋トレをする、大学生時代の忍。

・あっくんと久代は、たまに一緒に子ども向けの教育番組を見ていて、いつの間にかお尻ダンスを覚えたりしている。
・忍は仕事中にあっくんで妄想して鼻血出して先輩に「若いねえ」と言われる。
と、書いてあったので、「あ、こりゃだめだ……」と思いました。お尻ダンスって一体なんのことなんだ。でもきっと、忍が本当に忍んでたんだよ、ということを言いたかったんでしょう。忍んでる男を書くのは大好きです。忍びすぎてヘタレなことになってると、より萌えます。そして受けがそれにプンプンしたりグルグルしてるのが好物。

今回は、穂波《ほなみ》ゆきね先生がきれいで可愛い絵をつけてくださいました！　実は、なんとなく書きながら穂波先生の絵で想像していたんです。するとなにも言わなかったのに、担当さまが私の電波をキャッチしてくださったらしく……穂波先生に描いていただけました。わーっ。嬉しかったです。穂波先生、本当にありがとうございました。

そして私の分かりにくい電波を、常にあまさずとらえてくださる担当さま。今回も本当にありがとうございました。いつもとってもお忙しいのに、一作一作手をぬかずに付き合ってくださるので、安心して頼りきってます。すみません……！

いつも支えてくれる家族。友達。身内の皆さま。本当にありがとう。読んでくださった方にも、心から感謝です。それではまた、なにかの作品で会えましたら、嬉しいです。

初春に　　樋口美沙緒

この本を読んでのご意見、ご感想を編集部までお寄せください。

《あて先》〒105－8055　東京都港区芝大門2－2－1　徳間書店　キャラ編集部気付

「他人じゃないけれど」係

■初出一覧
他人じゃないけれど……書き下ろし

Chara

他人じゃないけれど

【キャラ文庫】

2011年4月30日　初刷
2011年5月30日　2刷

著者　樋口美沙緒
発行者　川田　修
発行所　株式会社徳間書店
〒105-8055　東京都港区芝大門2-2-1
電話048-451-5960(販売部)
03-5403-4348(編集部)
振替00140-0-44392

印刷・製本　図書印刷株式会社
カバー・口絵　近代美術株式会社
デザイン　間中幸子・海老原秀幸

ISBN978-4-19-900615-9

投稿小説★大募集

『楽しい』『感動的な』『心に残る』『新しい』小説――

みなさんが本当に読みたいと思っているのは、どんな物語ですか？　みずみずしい感覚の小説をお待ちしています！

•応募きまり•

[応募資格]

商業誌に未発表のオリジナル作品であれば、制限はありません。他社でデビューしている方でもOKです。

[枚数／書式]

20字×20行で50～100枚程度。手書きは不可です。原稿は全て縦書きにして下さい。また、800字前後の粗筋紹介をつけて下さい。

[注意]

①原稿はクリップなどで右上を綴じ、各ページに通し番号を入れて下さい。また、次の事柄を1枚目に明記して下さい。
(作品タイトル、総枚数、投稿日、ペンネーム、本名、住所、電話番号、職業・学校名、年齢、投稿・受賞歴)
②原稿は返却しませんので、必要な方はコピーをとって下さい。
③締め切りは特別に定めません。採用の方にのみ、原稿到着から3ヶ月以内に編集部から連絡させていただきます。また、有望な方には編集部からの講評をお送りします。
④選考についての電話でのお問い合わせは受け付けできませんので、ご遠慮下さい。
⑤ご記入いただいた個人情報は、当企画の目的以外での利用はいたしません。

[あて先]　〒105-8055 東京都港区芝大門2-2-1
徳間書店 Chara編集部 投稿小説係